捣毁魔窟的战斗

少 年 科 幻 大 世 界 丛 书

王国忠 陈渊 盛如梅 / 主编

DAOHUI MOKU DE ZHANDOU

广西科学技术出版社

图书在版编目（CIP）数据

捣毁魔窟的战斗 / 王国忠，陈渊，盛如梅主编. —南宁：广西科学技术出版社，2012.8（2020.6 重印）

（少年科幻大世界丛书）

ISBN 978-7-80619-345-7

Ⅰ．①捣… Ⅱ．①王… ②陈… ③盛… Ⅲ．①儿童文学—科学幻想小说—小说集—世界 Ⅳ．①I18

中国版本图书馆 CIP 数据核字（2012）第 192498 号

少年科幻大世界丛书

捣毁魔窟的战斗

王国忠　陈　渊　盛如梅　主编

责任编辑　方振发　　　　　　　　　　**封面设计**　叁壹明道

责任校对　黄　宇　　　　　　　　　　**责任印制**　韦文印

出 版 人　卢培钊

出版发行　广西科学技术出版社

（南宁市东葛路 66 号　邮政编码 530023）

印　　刷　永清县晔盛亚胶印有限公司

（永清县工业区大良村西部　邮政编码 065600）

开　　本　700mm×950mm　1/16

印　　张　14

字　　数　180 千字

版次印次　2020 年 6 月第 1 版第 5 次

书　　号　ISBN 978-7-80619-345-7

定　　价　28.00 元

前　言

　　科幻小说和根据科幻小说改编成的科幻电影，常被认为是给少年儿童看的。当然，少年儿童对未来充满希望、充满幻想，他们憧憬未来科学能出现意想不到的奇迹，想知道 10 年、100 年，甚至更长的时间以后的世界会是个什么样子。然而许多成年人也喜欢读科幻作品、看科幻电影，包括大学教授、作家和科学家。在美国，《侏罗纪公园》《外星人》两部电影，是有史以来电影经济收益最高的。《第三类接触》《全面回忆》《星球大战》《疯狂的麦克斯》《异形》《终结者》等科幻影片都使成人和少年儿童入迷。与这些影片相关的小说，也成了少年儿童课余、成人业余喜欢读的畅销书。

　　科幻作品之所以令人着迷，是因为科幻作品与人类科学技术文明发展的成果血肉相连。这一特殊的文学，具有激动人心的超时代想象和积极的社会功能，极有利于激发人的创造性、想象力和科学探索精神。

　　世界上第一部科幻小说《弗兰肯斯坦》（又译《科学怪人》），通过一个双重性格的形象，揭示了人类与科学、科学与社会发展的关系及后果。后来，法国作家儒勒·凡尔纳又在科学知识基础上创作出一系列的科幻故事。他在作品中所作的预言，一次次地被科学的发展所证实。英国的乔治·威尔斯及后来不少严肃的科幻作家，把科学幻想和推理同社会学结合起来，以生动感人的小说形式，揭露了现实社会的矛盾和冲突。科幻小说这一特殊的文学，正在以发人深省的预见性和深刻的社会寓意，将人与自然，自然与社会，宏观与微观，过去、现在和未来及其变异等无所不包的疑问，推到社会面前，让人们去思考与鉴别。正因为如此，世界各国逐渐意识到科学幻想小说在青少年教育中的重要作用，早在20世纪六七十年代，有些发达国家就已将科学幻想课程列入学校教育计划。

为此，我们产生了编选一套《少年科幻大世界》丛书的想法，并准备精选一部分世界当代科幻小说的优秀作品，改写成故事，配上精美的图画。感谢广西科学技术出版社领导的支持，和全国科幻创作界的朋友们（包括港台的朋友）、翻译界的朋友们的大力帮助。现在首次与少年朋友见面的5本科幻故事，内容有关宇宙太空和异星生物的追踪和探索，科学实践与未来社会、生态平衡的破坏引发灾难、机器人与人类社会、时空转换和奇异世界历险，以及进化与变异等题材。这些作品科学构思大胆神奇，幻想色彩浓郁绚丽，寓意深刻发人深思，故事情节跌宕起伏，悬念迭起，扣人心弦，十分耐看。

这些故事不仅可以满足少年朋友对世界科幻作品的渴望，丰富他们的课余文化生活，而且有利于激起他们的创造想象力和求知的热情，引导他们去追求真、善、美，警惕假、恶、丑，从而培养勇敢的探索精神。我们殷切地期望，广大少年朋友关心这套丛书，积极提出宝贵的意见，帮助我们把这套《少年科幻大世界》丛书编得更好！

主　编

目 录

地球的镜像

远远望去，这个星球是黄色的，就像一只柠檬浮现在紫黑色天鹅绒般的宇宙空间。因此，"探索号"上的宇航员们以为它上面只是一片裸露的沙漠。

宇航员们小心地勘察着这个寂静的星球。他们很快就发现，大气层的主要成分是氧——这就是说，可供人类呼吸；这儿的河水也可以饮用。不过，虽然星球上到处是郁郁葱葱的植物，却并没有发现飞禽走兽，更没有高级的文明。只有在最后，他们攀上了云霞掩映的高山，才发

现隐隐约约露出一些宫殿式建筑的飞檐和角塔，但是寥无人迹。他们称它为"乌伊齐德。"

三年半之后，宇宙飞船"百花号"又在这个柠檬般的星球上着陆。

"喂，老崔，你知道，它为什么叫做乌伊齐德吗？""百花号"的船长、年轻的生物物理学家令狐申喊道。

考古学家崔一宁回过头来，迟疑地摇了摇头。"你把这个字母倒过来念——对，Diqiu—Uiqid，意思很清楚：地球的镜像。"

崔一宁好奇地环视着宇宙飞船四周的自然景色。他们降落在一片苍茫无际的草原上。草的颜色是品红的——虽然有

些斑驳，但是品红色的基调使得大地像是着了火。远处，波光粼粼的，大概是一个湖泊？不过湖水却不是蓝色的，而像绍兴花雕一样，泛着明亮的黄色。更远的地方，有一片青色的、连绵起伏的山。宇宙飞船的那一侧，有一片稀稀疏疏的树林子，好像杨树的那种乔木长得十分高大，

不过树干是棕色的，而叶子却像玫瑰花一样红，香山静宜园的红叶远远赶不上这些叶子的火辣辣的美丽。

"我可看不出这儿与地球有什么相似的地方。"崔一宁咕哝道。

"真的吗？"令狐申快活地说，"叫你的夫人来看看。喂，杜英玲！"

叫作杜英玲的女宇航员是一位纤瘦、举止敏捷而秀气的女人，她是地质学家兼摄影师——宇航员们都得接受两个以上的专业训练。她站在丈夫身

边激动地察看着这片陌生的土地。忽然，她抓住崔一宁的手，嗫嚅道："补……色……"

令狐申得意地笑了，又把聪明的眼神投到第二个女宇航员、他的未婚妻子、化学家兼医生古明慧的脸上。

令狐申迅速地抓过挎在杜英玲肩上的照相机，也不对准什么目标，立刻按动了快门。五秒钟之后，冲洗好的照片——彩色负片从暗盒中退了出来。令狐申捡起照片，迎着亮光，刚投上一瞥，便大声喊起来：

"可不！就跟在十三陵或者西山拍的照片差不离儿……"

由于光学上的补色原理，在乌伊齐德上用彩色负片拍的照片，竟和地球上用彩色反转片拍的照片十分相似，这点深深触动着宇航员们。

"真是……镜像……"崔一宁喘着气说。

"瞧吧，我们会发现乌伊齐德人的，像你我一样，只是浑身上下，一片蓝色……"令狐申狡猾地眨着眼，嚷道。他很快又钻到飞船肚子里，开出一辆气垫车来。

他们一个个跨进气垫车。杜英玲想，可不，他们就像爱丽思一样，来到镜中世界——不过这是一个实实在在的世界，而不是英国小姑娘爱丽思的梦境……

气垫车时速为一百八十公里。他们开上这片不很陡峭的山地，费了四个半小时——当然是按照他们手腕上佩戴的地球的手表。

他们停下来休息了两次，吃点东西，拍些照

少年科幻大世界丛书

片，采集点岩石和植物标本。的确，他们一次也没有遇到过哪怕一只昆虫，甚至一个昆虫的躯壳。看来，第一批宇航员们的估计是正确的——乌伊齐德上没有动物。但是那些飞檐和角塔又是什么生物建造的呢？

他们按照第一批宇航员绘制的地图去找寻据说是高大的宫殿式建筑，又白白浪费了两个小时。地图没有错，山、湖泊、树林子，方位都一样，只是……

"也许，是他们的幻觉，"崔一宁喃喃地说，"就像地球上的海市蜃楼……"

气垫车猛烈地喷着气，继续爬坡。他们要登上最高的山峰。

一个巨大的火山口张开在他们面前。

"也许火山爆发，把宫殿摧毁了？"古明慧说，她的声音像银铃一样悦耳动听。

地质学家杜英玲摇摇头。只有三年半的岁月，什么样的火山爆发，能够不留下一点儿痕迹？她用带点儿疑问的眼光看着丈夫。崔一宁正以考古学家的精明目光观察着火山口，然后果断地说：

"我得钻进去——里面曲曲折折，气垫车怕不行吧？令狐，咱俩？"

"我们都进去。"杜英玲庄严地说。她立刻从气垫车上拿下一盘细细的、但是非常坚韧的玻璃钢索具。

四个人身上都背着小型喷气发动机——这是为了往上爬时帮助一下体力，然后他们攀着绳索鱼贯而下。弯弯曲曲的火山通道提供了天然的

阶梯。他们只休息了一次，喝了点水，就到了火山的底部。令狐申看了看手表，他们只花了一小时又十分钟。

"这边！"崔一宁用一种压抑的激动的声音说，"那儿有亮光。"

的确，一种神秘的光从熔岩壁上反射出来——一种场致发光现象。淡淡的，宛如紫色的轻烟，把火山底部照亮了。这是一个奇幻得有如童话的世界。杜英玲紧紧攥住丈夫的手。古明慧依傍着令狐申，后者则一动也不敢动，他只听见自己的心跳——就像非洲的战鼓一样。

"这儿有通道。"崔一宁靠近令狐申，轻轻说："我们进去看看！"

他们又鱼贯地穿过那条只能容下一个人的通道。十几分钟以后，便来到一个很大的洞窟。从拱形的顶部，投射出一种若隐若

现的微光。洞窟的四壁很平滑，好像是人工修整过的，在它的一侧，甚

至还有几扇门。

四个人就站在其中一扇门的面前。乌伊齐德上的有理性的生物，是不是就要跟地球使者会面了呢？他们屏息敛气，用眼神互相商量着，每个人的眼神都是惶惑不安的。门，不是木头制的，好像是一种不透明的黑色的有机玻璃。门上，也像中国古代建筑的大门一样，一排排、一列列嵌镶着突出的门钉，不过要小一些，密一些。

令狐申伸出手，摸了一个门钉。啊……他惊呆了，张大了嘴。

这一切都是突如其来的：洞窟消失了，他们面前竟是无边无际的大海，蓝色的、荒凉的大海，涌起滔滔白浪；接着，海上出现了巨大的张着满帆的桅船，一艘，两艘，三艘……

9

一个高大魁梧、面白无须的人立在船上，离宇航员们似乎只有十步之遥。他的嘴吸张着，在说些什么，却一句话也听不见——转眼间，海面上露出一条蓝鲸的背脊，像喷泉一样的水柱，蓝鲸的尾巴拍打着海水，不久又消失了。

"这是……"崔一宁在他妻子耳朵边上悄悄说，"这是郑和下西洋……"

大家恍然大悟了：这当然是地球的镜头，海水、船、蓝鲸、人物……那个人，就是声名赫赫的三宝太监郑和。场景是这么真实！宇航员们却一点儿也不曾想到：为什么反映地球上十五世纪的历史事件的全息电影竟然会在一个陌生的星球上放映出来……

船消失了，海消失了，四面依然是空旷旷的、被淡淡的神秘光源照

亮的洞窟。宇航员们才从白日梦中醒过来，他们谁也不想说话。

"我是不是再按一下别的门钉？"令狐申怯生生地说，他已确凿无疑地弄明白了：这是放映全息电影的一个个按钮。

没有人回答。令狐申把哆哆嗦嗦的手伸向另一颗"门钉"，他自己立刻又惊得往旁边一跳。

眼前是残酷的战争和屠杀。不，不是在战场上，而是在院落里，全身甲胄的战士向着宫装的女子举起明晃晃的战刀；血，像喷泉一样……突然间，什么地方着火了，啊，火光中隐隐约约的，不是雕梁画栋，亭台楼阁？

"火烧……阿房……宫。"崔一宁结结巴巴地说。

作为考古学家，他已经看清楚，甲胄、宫装、兵器，都是秦朝的款式。

令狐申立刻又按了另一个按钮。啊，这回谁也不用怀疑了：竟是几十个胳膊上缚红布条的少年齐刷刷地站在那儿，然后又是另一伙同样年龄的少年扑向他们；转瞬之间，皮鞭飞舞，刀光闪闪，砖头乱飞，一场混乱的搏斗，一个小伙子，额角滴着血，脸上在抽搐，一双眼睛失神地瞅着宇航员们……

崔一宁大口大口地喘着气，他摇晃了一下，倒在地上。

"一宁！"杜英玲尖声叫着。令狐申和古明慧七手八脚地把崔一宁扶起来，只听见他嘴里不停地喃喃自语："我可怜的哥哥啊……"

二十世纪的一场愚昧而野蛮的武斗，崔一宁的那个在武斗中伤重致死的哥哥的形象，竟然出现在这陌生的星球上，真是不可思议的事情！现在，每个宇航员心里都明白：这些全息电影，并不是摄影棚里拍摄的，而是历史的实录，是在地球上的现场拍下来的！

但是，谁拍下的这些镜头？谁又把它们运送到若干光年以外的这个乌伊齐德星球上，贮存在洞窟中呢？

在火烧阿房宫或郑和下西洋时代，地球上根本就没有发明电影，更不用说全息电影了。

这些念头使宇航员们深深感到惶惑而迷乱。

他们面面相觑，呆若木鸡。

全息电影一个镜头一个镜头掠过去。大多数镜头是普通的、单调而贫困的古代乡村生活，在激流中奋进的小艇的大特写，人和野兽的搏斗，大雷雨中瑟缩地战栗着的渔人……崔一宁认真地、细细地看着，对于一个考古学家来说，有什么东西比看见复活了的古代历史画面更珍贵？

有一个画面，是求雨：脱得赤条条的人扮做旱魃，在烈日下跳舞。望着那些被干渴和疲乏折磨得面黄肌瘦、筋骨裸露的人们，古明慧转过脸去，小声对杜英玲说："这就好像把我们放在兽笼子里让人参观一样。"

崔一宁一震。他又听见杜英玲说："看来，宇宙人几千年来一直在观察、研究我们……可是，为什么只有中国的镜头？地球上的别的地方，那么多国家，宇宙人都没有看见？"

少年科幻大世界丛书

　　"唔，"虽然声音很低，却仍然听得出令狐申的快活腔调，"一定是我们中国这个舞台演出的戏最好看——在宇宙人眼里看来……"

　　突然间，令狐申喊起来："看呐，飞碟！"

　　真的，是地球蓝莹莹的天空，一个发着荧荧绿光的东西迅速掠过

14

去，它就像两只扣合在一起的碟子一样。"飞碟！"是的，古代的镜头，为什么不可能是飞碟拍摄的呢？如果外星球人要研究地球，这可是最聪明、最直截了当的办法……

看来，在这个乌伊齐德星球上，至少几千年前，已经发展了高度的文明，而且，他们一直注视着遥远的地球上所发生的一切。

而在地球派出使者到达这个星球的时候……

这样的画面真的出现了：在乌伊齐德上，黄澄澄的天空和火烧一样的大地，一眼就可以看出跟地球景色大不一样。"探索号"宇宙飞船降落了，走出了第一批宇航员……

崔一宁猛地抓住令狐申的手。

"我明白了！"他的声音透着一种突如其来的激动，"他们认出了第

少年科幻大世界丛书

一批宇航员是中国人，因此，他们把几千年间摄制的有关中国的电影准备好了，等着我们来看……"

令狐申赞许地点点头，他又按下一个按钮。

这是在乌伊齐德的山上，就在刚才他们进来的火山口旁边，一座奇特的华丽的宫殿，走出几个……啊，蓝色的人！看，他们转过身子来了，脸朝着宇航员们，眼睛大而深邃，额角高高的，脸上挂着谜一样的笑容，蓝色的皮肤晶莹光洁。他们挥挥手，不知咕噜些什么，然后进入宫殿旁边一座待命出发的宇宙飞船里面，蓦然间，飞船起飞了，发射架倒下，这一刹那，宫殿也坍塌了，化为灰烬……

画面，消逝了。在宁静的、始终笼罩着一片紫色微光的洞窟中，只听见四个人沉重的呼吸声。

过了好大一会儿工夫，令狐申才带点儿忧伤的调子说："他们走了，到别的星球去了，他们不愿意和我们相会……"

"现在，我明白了，"令狐申的聪明的眼珠闪着光，"为什么这颗星球上没有动物？乌伊齐德人把它们全撤走了，他们是现代的诺亚拯救了动物……"

"难道我们地球人真像洪水那么可怕？"古明慧伤心地说。

"当然，地球人跟地球人也不一样。我们大家都明白，对于有些地球人，最恰当的比喻是——洪水猛兽。"崔一宁一字一顿地说。

后来宇航员们在各个星球上，都没有找到移居出去的乌伊齐德人。

当然，他们只是到达了我们到达不了的角落。不是吗？人类无论怎样向宇宙进军，永远也不能穷尽这个丰富多彩的、无边无际的、神奇莫测的宇宙！

[中国] 郑文光

生 发 贝 初 插图

多伦叛乱

一、希望有一个知心朋友

我叫信夫，17岁，是一个机器人工厂的装配工。

我上小学时，父母一清早就去上班，所以我脖子上总是挂着一串钥匙。后来，父母出了车祸，去世了，我只能进工厂干活。由于文化低，大伙儿都不愿和我交朋友。我只有一个朋友，就是小狗佩斯。

厂里生产各种机器人，有的当人的助手或佣人，有的干重体力劳动，有的当教师，有的开飞机。

我心里想，能有一个朋友型的机器人多好，我们可以一起旅游，一起谈心，互相照顾。可是厂里不生产这种机器人。

二、新朋友多伦

星期天，我带了佩斯去爬山。

山上一片红叶，空气又好，感觉真舒服。

佩斯也很开心，在一人高的草丛中乱跑，又是抓田鼠，又是咬野果。

不知为什么，忽然佩斯对着天空乱叫。

原来，它看到天边飞来一个小黑点。

小黑点越来越近，是一架飞机。

飞机飞得不正常，一会儿头向上，一会儿头朝下，摇摇晃晃，像要出什么事故啦。

突然，飞机撞在不远的山头上，一声巨响，炸得粉碎。

我赶快逃进草丛中，双手抱住脑袋。

飞机的碎片落了一地，差点砸在我和佩斯的头上，我吓得一动不动，眼睛也不敢张开。

一会儿，佩斯叫了起来。我偷偷睁眼一看，一个大纸箱正好落在我的身边。

一看纸箱上的字，我认出是我们工厂的产品。

纸箱已裂开，里面的海绵撒了一地。

箱子里一层又一层，包得严严实实。

我打开一看，惊呆了，原来里面是一些装配高级机器人用的"多伦"。电子这个词英语叫 E-LECTRON，厂里的工人管电子头脑叫"多伦"。

多伦虽然很小，只有一个皮球那么大，但里面非常复杂。

佩斯又叫了起来，原来，它已听到远处传来的警车声。

我抓起了一个多伦，马上从

小路上跑开了。

三、忙坏了警察

第二天，飞机失事成了报纸上头号新闻。

电视台 24 小时不停地播放这个消息。

警察带着警犬、仪器，满山遍野寻找失去的一个多伦。

几个潜水员也在山下的湖里寻找这个多伦。

昨天，因为有一批小学生在山上采集标本，也一个个受到警察的询问。

山脚下有一个旅馆，警察包围了房子，一个个旅客的行李都被检查。

一对在山上野餐的情人，竟被关进了警察局，硬说他们偷了多伦。

少年科幻大世界丛书

　　半山腰有一所别墅，警察怀疑这所别墅的主人偷了多伦，也命令他不许离开别墅。

　　一张报纸还说："失去的多伦，已被一个工业间谍偷走，准备运出国外。"于是，飞机场上也布满了警察。

　　其实，我正捧着小小的多伦，坐在家里玩着呢。

　　小多伦身上印着一行字：TY380。我知道，380是一个高级电脑，它可以记住人们教给它的所有知识，它能够储存30册百科辞典的内容。

　　突然，我想到为什么不利用这个多伦呢？

四、只服从我一个人

一天，厂里的工人都下班了，我带了多伦悄悄溜进了"记忆室"。

"记忆室"里的仪器让人头晕眼花。我找到一台叫"指令"的仪器，

把小多伦放进去，命令它记住我的姓名、面孔、声音、思想。我命令它只服从我一个人，尊敬我一个人。

我把它放在一堆多伦里面，明天让装配工人像装其他机器人一样给它装上身体和手脚。

真该死！我犯了一个错误，忘了在我自己的小多伦头上做上记号，

装配好了的机器人一模一样，分不清哪个多伦是我的了。

当活动的机器人一个个走出车间时，我故意站在车间门口，其中有一台机器人在我面前站住了，还举手向我行了一个礼，然后和其他机器人一起走出了车间。

五、出了大乱子

真没想到，小多伦竟会发号施令，命令装配好的机器人也服从我一个人的命令。

我在车间工作时，别的工人休想离开车间，因为门口站着两个机器人，死死地把着关。

只要我未走出工厂大门，别的工人一个也走不出大门，门口两个机器人会命令所有的人回到车间去。

我到食堂吃饭，机器人会把我想吃的东西拿来。所有在食堂吃饭的人也只能吃同样的东西。我不爱吃的烧乳猪、炸鱼丸、红烧土豆，机器人会把它们统统倒掉，弄得厨房大师傅莫明其妙。

我想到煮面条不好吃，这个想法一闪而过，机器人竟会把吃面条的人推翻在地，把面条倒掉。

我吃牛排时，想到最好剩一点给小狗佩斯吃，机器人竟会以最快的速度，把一盘牛排端到佩斯面前，让佩斯大饱口福。

我低声对一个机器人说：站

住！给我拿一碗牛肉浓汤来。汤马上来了。

不料这句话给旁边一个人听到了，马上大叫大嚷，说我信夫是魔术师，一定有鬼，在操纵机器人。

我对这个家伙白了一眼，说："别胡说八道。"一个机器人马上过来，用铁拳打了他一嘴巴。

六、多伦叛乱

厂里马上报告警察局。一个警官、两个警察赶来了，要我说明情况，不然就逮捕我。

我说我并没有发什么命令。警官傲慢地指着我的鼻子说："你想进监狱吗？"

我说："你放尊重些。"话刚说完，两个机器人二话不说，抓起警官，朝窗外扔了出去。

我对多伦说："多伦，别闹得太过火了。等我回家以后，再收拾这帮人吧，否则，警察会把我揍死的！"多伦点了点头，走了。

回到家里，警察局送来了传票，我只好去报到，接受调查。

警察一口咬定，先是失去一个多伦，现在又出现许多多伦闹事，这两件事一定有关系，立即把我押进拘留所。

忽然拘留所外面闹哄哄的，"释放信夫！"多伦赶来了。

一个警察对多伦说："好呀，正想找你呢，自己送上门来了。"

多伦一拳把警察打翻在地上。

四个警察一道围上去，想抓住多伦，仍被多伦打倒在地上了。

"释放信夫!"多伦说。

我怕事情越闹越僵,就劝多伦回去,警察不会伤害我的。多伦点点头走了。

多伦一走,警察马上冲我大喊:"把机器人交出来!"

我问了一声:"交出来后,你们怎么处理它?"

警察用手指划划自己的头颈:"肢解它!"

我说我决不交,我不能出卖朋友。

这时,我听到收音机正在广播:"有一台疯狂机器人正在闹事,警察正在设法逮捕它。机器人工厂的装配工信夫,与此事有关,已被关在拘留所。"

几秒钟以后,收音机又响起了另一个声音:"我宣布,如果警察敢伤害信夫,我将让全市十万个机器人都去袭击警察

少年科幻大世界丛书

局，并且肢解当事人。"这是多伦的声音。

拘留所门外来了一大批记者、摄影师，都想进来采访我。

警察用喇叭对记者、摄影师说："机器人应该服从人的命令，不听命令的机器人，应当肢解！"

警察刚讲完。喇叭里又响起了多伦的声音："我只服从一个人的命令，只服从信夫！"

我听了感动得流泪了，多伦真是知心朋友。

忽然，外面的记者、摄影师嚷起来了：不得了啦，一大群机器人来了！

几百个机器人包围了警察局："再不释放信夫，我们要进攻了。"

警察马上用十几辆装甲车堵住了大门。

战争一触即发。如果打起来，一大群记者、摄影师，还有围观的市民，都会受到伤害。那我信夫不是真成了罪犯了？

七、多伦，再见！

我们厂里的一位机器人学家和一位技术员找到了我。他们让警察退出去，对我说："人类制造机器人，是让它们为人类工作，不是与人类作对，你懂吗？"

这个道理我早就知道。我并没有叫机器人叛乱，我只想和多伦交朋友。

"那好，把多伦找出来，我们重新给他换个脑袋。它还是你的朋友。"技术员说。

我走到拘留所门口一看，不好，已经有好几千机器人包围了警察局。

局势太紧张了。我喊了一声："多伦，你在哪里？"机器人群中有一个举了

举手。

几个警察马上扑向多伦。

但还没有接近多伦，就被几个机器人的铁拳击倒了。

"多伦，不准胡来！"我喊了一声。

我走到多伦身边，说："朋友，真对不起！"

"嗯，信夫，什么事？"多伦说。

"他们要给你换一个脑袋，好吗？"

"不要紧，信夫，再见！"多伦往地上一坐。

我眼看着技术员拆开多伦的头部，取下电脑，伤心得哭了。

多好的机器人朋友啊！

〔日本〕矢野徹　原作

石　楚　改写

生　发　贝　初　插图

那时他们多快活

　　那天晚上，麦琪甚至还把这件事写进了自己的日记。在标有2155年5月17日的记事页上，她这么写着："今天汤米发现了一本真正的书！"

　　那是本很旧很旧的古书。麦琪的祖父有一回也说起过，他自己小的时候祖父曾告诉他，从前有段时期所有的故事都是印在纸上的。

　　汤米和麦琪两人一块儿翻阅了那些又黄又皱的书页。你可知道，那上面的字字句句跟我们平时在荧光屏上看到的可不一样，老是呆在那儿，一动也不动，念起来怪有趣的。他们翻回到前面一页，那纸上的字句还跟他们刚才头一回看到的一模一样。

　　"嘻，"汤米说，"多浪费。我想，这册书看完了还不是就这么扔掉

了。我们的电视荧光屏显示过的书，肯定不小于一百万册，而且它以后还可以给我们看好多好多的书。我才不舍得把它扔掉呢。"

"我的那张荧光屏不也是这样吗，"麦琪说。她今年十一岁，看到的电视课本不及汤米多。汤米已经十三岁了。

她问汤米："这书你在哪儿找到的？"

"在我家屋子里，"他扬手一指，头也不抬，光顾着看面前的那本书，"在小阁楼上。"

"书里写了些什么？"

"关于学校的事儿。"

麦琪用轻蔑的口吻说："学校？学校有什么好写的！我就是讨厌上学。"麦琪一向讨厌上学念书，最近就更觉着可恨了。她的那位机械老师接二连三地考她地理，而她的考试成绩每况愈下，一次比一次糟糕，

她母亲唉声叹气直摇头，最后只好去把县里的督学先生请了来。

督学先生是个红光满面、圆鼓鼓的矮胖子，他随手携带一只工具箱，里面装满各式各样的工具，还有一些刻度盘和电线。他朝麦琪笑笑，给了她一个苹果，随即动手把机械老师拆开来。麦琪暗想，要是待会儿他装不起来才美哩，可惜事与愿违，督学先生在这方面内行得很哩。大约过了一个小时，那位又大、又黑、又丑的老师又出现在她面前了，上面的大荧光屏特别显眼，授课、提问就是通过这面荧光屏进行的。

对麦琪来说，荧光屏还不算怎么坏，她觉得最可恶的是老师身上的那道狭长口子，她得把自己做的作业和考卷投到那里面去。所有的作业和试题都得用穿孔密码来做，这个，她六岁时就学会了。她把作业和考卷刚

刚投进去，机械老师一转眼就把分数报了出来。

督学先生修好以后，微微一笑，又拍拍麦琪的头，然后对麦琪的母亲说："琼斯太太，不是小姑娘的过错。我看，是地理学的部件拨得稍微快了些。这种事儿有时也是难免的。我已经把档速拨慢，调整到一般十岁孩童能接受的水平上。事实上，你女儿的学习情况，总的来说是相当令人满意的。"说着又拍了拍麦琪的脑袋瓜。

麦琪大失所望。她真巴不得他们会把老师请走呢。曾经有一回，汤米的机械老师出了毛病，历史学部分在荧光屏上压根儿显示不出图像来，他们就把那老师带走了近一个月。

难怪麦琪要对汤米说，"怎么会有人要写学校的事儿呢？"

汤米用十分骄傲的目光瞅了她一眼，"傻丫头，书里写的又不是我们现在的这种学校，而是好几百年以前那种老式学堂。"他又神气活现地加了一句，"是几个世纪以前的学校。"汤米吐出"世纪"这个词儿时，有意顿挫了一下。

这话说得麦琪不高兴了。"我才不想知道他们那阵子有什么样的学

校呢。"她嘴上这么讲，眼睛却越过汤米肩头，紧紧盯在那本书上，隔了一会儿，说："不管怎么说，他们也少不了个老师嘛。"

"他们当然有老师啦，但不是咱们这种普普通通的老师，而是人。"

"是人？人怎么能当老师？"

"嗯，无非是把内容讲给学生听，给他们布置作业，向他们提问呗。"

"可是人不够能干呀。"

"怎么会呢。我爸爸知道的事就不比我老师少。"

"不可能的。人不可能知道那么多。"

"我敢打赌，我爸爸的学问跟老师不相上下。"

麦琪不打算在这点上同他争个明白。她换了个话题："我可不愿让一个陌生人呆在我家里教我念书。"

汤米尖声大笑起来。"你懂得太少啦，麦琪，那些老师不是住在学生家里的。他们有一幢专门大楼，所有的孩子都上那儿去念书。"

"所有的孩子都学同样的课程？"

"当然啦，只要他们年纪一样。"

"可是我妈说，得把老师校到一定的位置上，跟它所教的男孩或女孩的智力相符合，我妈还说什么要根据孩子的情况因材施教呢。"

"不管怎么说，反正那时候他们不是这么做的。这书里讲的内容你要是不喜欢，甭看得啦。"

"我又没说不喜欢。"麦琪马上接口说。她很想知道，关于那些古怪

的学堂，书里究竟写了些什么。

他们甚至还没看完一半，就听见麦琪的妈妈在大声叫唤："麦琪！该上学啦！"

麦琪抬起头："还没到时间呢，妈妈。"

"到啦，"琼斯太太说，"恐怕汤米也该去上学啦。"

麦琪对汤米说："放学后我们

再一块儿看下去，行吗?"

"也许行吧！"汤米冷淡地应了一句，吹着口哨走开了。那本沾满灰尘的旧书就夹在他腋下。

麦琪走进教室。教室就设在她卧室隔壁，机械老师已接上电源，在那儿等着她呢。她母亲一再强调，小姑娘按时上课念书才会收到理想的效果，所以每周除星期六和星期日外，机械老师每天总是准时间上课。

荧光屏亮了，老师说："今天算术课教真分数的加法。请把昨天的家庭作业投入作业口内。"

麦琪叹了口气，把作业丢了进去，脑子里却在想她高祖小时候孩子们上学念书的那些古老学堂。街坊四邻的孩童都来了，在操场上笑啊；他们一块儿坐在教室里上课，放学以后又一块儿回家去。他们学着同样的课程，所以做作业时还可以相互帮助，共同讨论。而且，教师还是活生生的人……

就在这时，机械老师在荧光屏上闪出这样一行字："当我们把分数 $\frac{1}{2}$ 和 $\frac{1}{4}$ 相加时……"

可是麦琪还在那儿暗自寻思：古时候，孩子们一定很喜欢上学念书吧，她脑子里在想，那时他们多快活！

〔美国〕阿西莫夫　原作

钱东良　插图

陈　莹　改写

卡恩之变

一天，科克上校奉命进行宇宙巡航。他的"企业号"巡航舰按常规在太阳系边缘区域巡逻。突然，指挥室信号灯闪亮起来，这表示宇宙飞船自动控制系统出现了异常情况。

"马拉，出了什么事？"科克船长打开通话器问道。

"值勤官正在收集数据。我将立即进行分析上报！"马拉·麦杰弗丝中尉答道。她是自动控

制系统专家兼人类历史学家，这时她正在舰桥上值班。

两分钟后，马拉向科克船长报告说，"企业号"自动监控系统收到了外星系发来的摩斯密码SOS呼救信号。这种密码呼救信号已于公元2000年后不久废弃不用

了。幸亏她是人类历史学专家，很快就破译出密码是"遇难呼救，紧急求援"。

"呼救信号比较微弱，时断时续，但很有规律，总是每隔三分钟出现一次，"马拉继续报告说，"请指示下一步行动。"

"启动 OX2 装置，扩大扫描空域，设法尽快测出信号来源方位。"科克船长回答。

"是，已经启动……请注意，方位 000865，距离 2.54 超光速航程。"马拉·麦杰弗丝清脆的语调流露出几分得意。

"知道了，请继续监控，等候下一步指令。"科克同时打开警戒组通

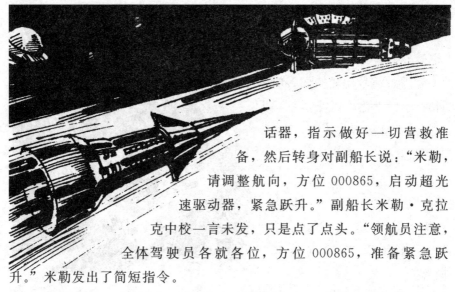

话器，指示做好一切营救准备，然后转身对副船长说："米勒，请调整航向，方位000865，启动超光速驱动器，紧急跃升。"副船长米勒·克拉克中校一言未发，只是点了点头。"领航员注意，全体驾驶员各就各位，方位000865，准备紧急跃升。"米勒发出了简短指令。

与此同时，驾驶舱内红灯闪亮，"企业号"巡航舰响起了警报蜂音器的尖啸声。接着，飞船一阵抖动后，便以超光速跃出太阳系，朝外星系呼救方位驶去。

几小时后，"企业号"已赶到000865方位预定空域。飞船按指令减速，同时搜索到目标飞船正在不远处缓缓匀速飘浮。"企业号"立即进入匀速跟踪，并不停地向呼救飞船发出询问信号。奇怪的是，那艘形状原始的小飞船

竟毫无反应，只是仍旧不断地发出 SOS 呼救摩斯密码。

"莫伦上尉注意，"科克船长说，"警戒组各就各位，应急巡航小艇待命启动！"

"小艇准备完毕，请求离舰，"通话器传来莫伦上尉的声音。

"营救，战斗警戒，两手准备，以防不测！"科克发出最后指令，"企业号火力支援就绪，莫伦，立即接近目标飞船，警戒性登船！"

莫伦上尉率领的应急巡航小艇载着 15 名全副武装的成员，从"企业号"巡航舰应急舱道轨道上喷射出去，迅速接近了那艘匀速飘浮的黑色老式飞船。巨大的钢铁爪钩轻而易举地虏获了那艘飞船。奇怪的是，目标飞船毫无反抗，呼救信号仍旧断断续续地发射出来。

"报告船长，报告船长，目标系空船，目标系空船！"莫伦上尉报告说，"警戒组五人战斗单位已登船搜索，完毕。"

搜索结果很快报来。原来那艘目标飞船是 1994 年型号的地球人造老式军用飞船，船名"波塔尼贝"；飞船已自动在宇宙间飘浮了近三个世纪，SOS 呼救密码信号是自动

发射机发出的；全船乘员全部自行在冷冻舱内冬眠，共八十名。

为了解开目标飞船之谜，并为研究20世纪遗老遗少的人类历史及宇航学状况，科克上校命令莫伦将八十具冬眠人运回"企业号"医疗中心，交由琼斯博士负责解冻，并协助尽快恢复他们的生理机能。"企业号"在返航前顺便在000865方位进行科学研究，拍摄罕见星云照片。

不久，琼斯博士便获得了成功。目标飞船上沉睡的对象有男也有女。经测量，发现他们的心跳，每分钟只有四次。但是，打开最新医疗

灯进行照射后，这些沉睡的人脉搏明显加快了。琼斯博士又增加了一些辅助强心治疗，没多久，这批20世纪的"古董"一个个苏醒了过来。首先恢复正常生理机能的是"波塔尼贝号"船长卡恩和领航员苏米；接着他的部下也陆续醒了过来。

由于"企业号"巡航舰上只有马拉·麦杰弗丝中尉是研究人类历史学的专家，

科克上校便指定她负责通过卡恩船长与所有苏醒过来的20世纪遗老遗少进行对话。

原来，卡恩是个职业军人兼政客，为人老练、冷酷而又狡诈，尤其擅长于游说。他曾经率领部下和忠实信徒发动过一场政变，推翻了大地联合政府，并采取突然袭击的方式，在四十几个国家里篡夺了政权，实行集权统治。然而，他们野心太大，仍嫌力量单薄，企图夺取全世界霸权，一时难于奏效，而且内部反对派层出不穷。卡恩便采取残酷迫害手段，妄图巩固自己的地位，

因此树敌过多。没多久，卡恩及其一伙便被赶下了台，并投进了监狱。不过卡恩苦心经营的力量和网络仍未完全瓦解。不久，他们便在监狱内外里应外

合，组织了一次暴动。最后尽管遭到镇压，但卡恩一伙八十余人，总算劫夺了一艘94型宇宙飞船，逃出了地球，飞向茫茫的宇宙。

卡恩控制的94型飞船在当时已显陈旧，航速比较缓慢，他们几乎无法在人类短促的一生中逃到外星系某个适合人类生活的异星上落脚。于是，他们便按照20世纪科学成就使自己进入深度冬眠状态，把维持生命的消耗减少到最低限度。他们抱着一线希望，想飘流到理想异星，重建帝国。这就是为什么"波塔尼贝号"在宇宙中长期飘浮的原因。

马拉是人类历史学专家，比较了解20世纪人类的道德观念和思维逻辑。她并不认为卡恩的行为有悖于常理。这等于鼓励了卡恩及其部下

的野心。果然，过了一段时间，卡恩等在从事巡航舰上服役工作的同时，暗中窥测方向，安排秘密夺船计划。卡恩巧妙地挑动马拉对科克船长的不满，并吹捧马拉才是真正的专家，而科克只不过是依靠她的能力才得以发号施令的。由于马拉对人类历史的科学研究过于投入，沾染了不少早已被抛弃的恶习，偏狭、自私和权力欲，久而久之，竟成了卡恩精神上的俘虏。她受卡恩挑动，企图成为"企业号"的船长，进而梦想成为女皇，享受她在研读古代史时领略的女皇荣耀，便潜入琼斯博士医疗中心试验室，盗出麻醉药。她深得科克船长信任，可以参加舰上领导核心会议，便乘机将麻醉药混入软饮料，麻倒了几乎所有的巡航舰军官，并封锁了武器装备舱，将主要控制权交给了卡恩及其心腹。马拉成了名义上

的代理船长。而原船长科克等人完全被软禁在压力舱内。

卡恩一旦掌握了"企业号"的实权，便以自己的老部下取代巡航舰的关键岗位，通过这些人把控制权集中到他一人手中。这时马拉才意识到她已成为傀儡。然而卡恩的致命弱点是他还不熟悉"企业号"先进的自动驾驶系统和导航系统，不得不依靠原副船长米勒·克拉克中校。而米勒虽受到监视，但正在暗中设法摆脱困境，与同样受到监视的琼斯医生，通过例行卫生检查进行短暂的联系，力图营救船长科克上校。

恰好，卡恩为防止科克上校及其核心警卫组逃出压力舱进行反击，打

算趁麻醉失效前对科克等人进行低温催眠。琼斯博士领会了米勒中校的暗示，表面上服从卡恩指令，实际上进行秘密营救。科克上校和莫伦上尉警戒组苏醒后心领神会，仍装作进入深度睡眠的状态。与此同时，米勒中校伪称驾驶系统出现故障，企业号必须减轻装备负荷，请求调用卡恩部下拆除备用设备，以分散卡恩对全舰的控制力，转移他的视线。于是，科克和莫伦上尉等在琼斯博士帮助下趁乱潜出压力舱，以迅雷不及掩耳的行动发起突袭，用麻醉枪制服了卡恩及其心腹，而卡恩那些部下有的在突袭中被激光枪击毙，有的被麻醉枪击倒，有的见大势已去，弃枪投降。

"企业号"恢复了原有秩序，卡恩和马拉两个主谋犯被押上了审判台。最终卡恩这个野心不死的阴谋家和权力欲熏心的马拉被判为终生放逐。他们被流放到一个无人居住的外星系小行星上，终生不得返回地球故乡。出于人道主义考虑，科克上校征得"企业号"全体乘员的赞同，给两个阴谋家留下了必要的生活必需品和生存下去的简单设备，便返航离去。

科克为此特在巡航日志总结报告上做了一段说明："企业号"后继者可于一百年后再次巡查 000865 空域时，复查无人小行星上卡恩和马拉改造自身和荒漠行星的效果，记录人类种子是否已在界外行星上延续。

原载 ［美国］《星际旅行》

晓 军 陈 隽 改写

哈 明 插图

性 变

　　我曾经读过全国著名的犯罪心理学家黄慧明先生的新著《二十世纪疑案录》，当我读到第四则《沈大纲自首案》时，不由笑了出来。我敢明告读者，在这世界上能够知道这疑案真相的，只有我一个。我保守这秘密已经很久了，现在我实在守不住这个秘密，一种不可抵抗的力量，迫使

我把这件事情的真相公布出来。

八九年前，在本市曾发生过一件轰动一时的"疯子杀人案"：著名生物学家倪维礼博士及其女儿倪静娴突然失踪，在倪博士的研究室中发现一个老妇人的尸体和一个昏迷不醒的少年。就在出事那天下午，忽有倪静娴的未婚夫沈大纲疯疯癫癫地跑到附近警察局自首，说他就是倪宅杀人犯。沈大纲入狱的当晚服毒自杀。据医生检查的报告，他服毒的时间当在自首前一两小时，可见他这自杀并不是由于畏罪，如果不是他发了疯，就该另有其他原因。

黄慧明先生在他的新著中对此案作了如下论断："如果仅仅凭已发现的少数事实，而要明了全案的真相，简直是不可能的，我恐怕它将成为千古疑案了。"

但是，黄先生错了，这个疑案已经解决了。

事实的真相是这样的：

　　五月中旬的一个晴朗的早上，沈大纲高高兴兴地离开繁华的都市，来到近郊倪维礼博士的家里。沈大纲和倪博士的独生女儿倪静娴相爱，倪博士对于沈大纲的态度宛如慈父。使沈大纲困惑不解的是，每当他隐隐约约谈到他与静娴的婚姻时，倪博士的脸色立即异样起来，总是愁苦地诉说他的不幸，说他单生这个女孩子，自然不免过分疼爱，又说大纲经济基础还不稳固，一旦结了婚，家庭负担增加，结果只会加倍地痛苦。大纲被迫决定暂时不考虑结婚的问题，专心致志地努力于事业的建树。

　　两年前，大纲与静娴告别时说，他一定要轰轰烈烈地做一番事业。静娴为了鼓励他，也答应在他成功以后，就举行婚礼。两年来，大纲既没有听到过有关静娴的消息，也未曾与她通过一次信，专心于他的事业。现在，他已经把倪博士所提出的反对理由用事实来打消了。今天，沈大纲决定先去找倪博士，希望能获得他的欢欣与同意。

沈大纲走进倪宅，发现倪博士俯着头、眯着眼，正在潜心地注视着显微镜下面的东西。"好孩子。"倪博士一见大纲进来，抬起头来，寒暄过后，又慢慢地俯首到他的显微镜上去，边看边说，"两年不见，你把我们想念得够了。我和静娴时常谈起你，你不来这里，我们真觉得非常寂寞。"倪博士突然抬起头来说："大纲，你得祝贺我的成功。自从你离开我们以来，我已经完成了一生最重要的工作，同时也是生物科学上的一个伟大的发现。"

倪博士在生理学方面的工作和实验，对大纲已经说过不止一次了。此时大纲只是默默地点了点头，显然并不很感兴趣。可是倪博士却丝毫

未觉察，还是高高兴兴地进行他的长篇大论。倪博士在详尽地介绍了人类男女两性的基础知识后，他认为性别虽由精子细胞中的 X、Y 染色体和卵子细胞中的 X 染色体结合所决定，人力无法左右，但这并不是定论。人们要是确实知道了决定性别的各种条件，那么就可以把人类的性别改变过来。对于这方面的工作，世界各国的科学家已有不少成就，最重要的是奥国大生物学家斯泰纳哈的"雄化雌"和"雌化雄"实验。

"大纲，我要告诉你一桩非常奇特的事情。"倪博士咬正了字音，慢吞吞地先介绍有关性征的知识：男子的睾丸能产生精子，女子的卵巢能产生卵子，这是区别男女的第一性征。和生殖没有直接关系的器官如骨

骼、肌肉、皮肤、毛发、乳房等的差别，这是区别男女的第二性征。现代科学家已经确切地证实，人类的第二性征完全由生殖腺中的性激素所决定，所以采用阉割、接种或注射等手术，就可改变人类的第二性征，可是对于改变人类的第一性征，目前还没有可靠的方法。换句话说，现在的科学

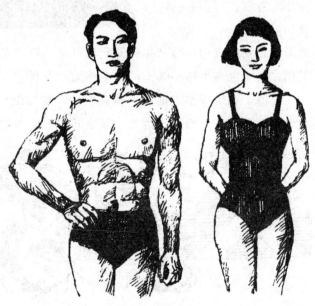

家虽能使一个女子变得像一个男子，或使一个男子变得像一个女子，却还不能把一个女子完全变成一个男子，或把一个男子完全变成一个女子。

　　"可是，现在我可以告诉你，我已经发现改变第一性征的方法了。"沈大纲对倪博士的介绍感到无聊，倪博士似有觉察，抱歉地接着说，"好，我不再说废话了。"他兴冲冲地从抽屉里拿出一个小药瓶，说这是他新近合成的一种

药水，它的作用和内分泌腺里抽出来的性激素相似。这种药水一旦跑到女性的血液里，在三四天内，就可以使一个正常的女子，无论在生理或心理上，完全变成一个男子。听到这里，大纲乘倪博士在桌上东撮西摸的机会，终于鼓起勇气，把准备和静娴结婚的心愿说了出来。倪博士的反应出乎大纲的意料之外："大纲，你的意思我完全明白。我虽然十分

同情你，可是现在已经是不可能了。"

大纲急忙跑进实验室，满腔热忱，放轻脚步，想悄悄地跑到静娴面前吓她一跳。可是在实验室里却找不到她的踪影。除了一个显然是给老博士做助手的青年男子外，就什么人也没有了。青年男子羞怯怯地望着大纲，大纲心里一呆。他的面貌和静娴太相像了。

"告诉我，"大纲像是见了一个从未见过的亲戚一样，执住青年的臂膀说，"你知道静娴在什么地方？"青年转过头来，愁苦地望着他的脸孔，轻声地叫了一声："大纲。"从他稚气的眼睛中，大纲找到了她的一丝残存的、最后的微波。"天啊！"大纲不禁悲伤地叫了起来。

原来，老博士并未征得静娴的同意，就给她注射了女变男的药水，静娴在几乎什么也不知道的情况下，熟睡醒来后就变成了男子。

"我要设法把你变回来！"大纲高声地吼叫着。

当大纲再次出现在倪博士书房时，博士还潜心致力于研究工作。"你为什么要这样做？你这老糊涂。""为什么要这样做？"倪博士听后照样重复了一句，"你不知道我是怎样疼爱她。多年来我专心研究，日以继夜，无休无息，为的无非就是要把她变成我的儿子……假如她是个男孩子的话，谁也不会向他求爱，我就可以叫他继续我未了的工作。这该是何等值得欣羡的事！"

一场大风暴发生了！大纲发疯般地要扼杀倪博士，倪博士在大纲的

威胁下，被迫同意把静娴转变过来。但他从抽屉中拿出药瓶后，却说："这瓶药水现在不能用了。现在只要小小的一滴，就足以要了她的命。"这注射剂是用来中和女性的分泌液的，要中和男性的分泌液，得用另一处方。倪博士把药水制造出来后，又不肯立即动手，说还要找一个合适的对象来试验一下。

"为什么要试验？"大纲怀疑地问，"你先前合成的药水也曾试验过吗？"

"当然试验过。为了静娴的安全计，我决不能随随便便地就给他注射，请你再等一

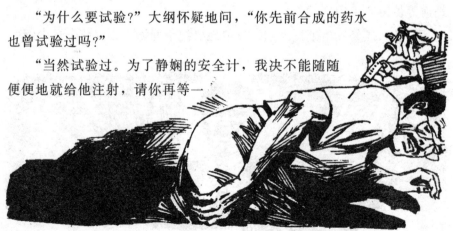

天吧，让我设法来找一个合适的试验品。”

“啊，那是不行的。到了明天，谁能保证你不变什么花样？如果你一定要一个试验品，我现在就可以给你办到。”他眼睛一瞟，突然从桌上拿起注射针，在倪博士觉察之前，就执住他的手臂，把药水完全注射了进去……

几天后，等到倪博士醒来，大纲走进他的寝室一看，简直惊愕得叫了起来。倪博士已经变成了老态龙钟的老妇人。

大纲请求老妇人再配一点药水来给静娴注射，那老妇人眼睛一楞，眉头一耸，除了觉得讨厌外，什么话也不说，她已经不再是个爱好科学的博士，她已经把科学完全忘记了，好像从未学过一样。

至此，大纲自知已铸成大错。他发疯了！先用显微镜掷在老妇人头上，再打昏了那青年，然后又跑到警察局自首……

耐心的读者，我把这故事说完之后，心里觉得轻松了不少。不知诸位还有什么疑问没有？喔，不错，我想诸位一定会问："你是谁？怎么知道这件事？"

好，让我来告诉你们。

我的名字叫倪新生。我再夸说一句，我是个生理学家，我已经结了婚，并且有了两个孩子……我曾经是这个故事里的倪静娴。

[中国] 顾均正

姚人雄　插图

奇异的时间屏幕

阿尔卡沙·萨波日科夫一看到阿莉萨，就忧心忡忡地说：

"怎么办？简直一点办法也想不出来！"

还在昨天试验田的一小畦地里，从彼涅洛帕行星上带回的桔子苹果在结穗。桔子苹果成熟时，无论是味道还是外形，同现有的苹果没有什么两样，只是它们的大小像豌豆粒，而且是结穗长大的。

昨天大家都观赏过正在结穗的桔子苹果，可是一夜之间从地里冒出彼涅洛帕行星上的杂草——一种带刺的、爬蔓的灌木，它们使这小畦地完全荒芜了，在杂草的阴影里很难看清楚低垂的桔子苹果的穗头。

"把它们连根拔掉吧！"走到跟前的帕什卡·格拉斯金说，"要我帮

忙吗?"

"不会有什么结果的,"阿尔卡沙叹了口气说,"瞧!"

他用尽全身力气去拉一根弯凸有角的杂草的藤,大约有一分钟光景,它反抗着,后来开始发出断裂声,终于摇动了。

"真可惜,"帕什卡说,"你的苹果已经来不及长熟了。"

杂草早已使阿尔卡沙感到烦恼,随你怎么挑选外星植物的种子,杂草总会钻进畦地里去。

而如今,一夜之间杂草竟使一个月的劳动化为乌有。

"不,我决不投降,"阿尔卡沙说,一面舒展一下狭窄的肩膀,一面拿起连根拔下来的像鞭子一样的杂草,"我会收拾你们的!"

就在当天午后,他动身到时间研究所的理查德·捷姆佩特那儿去。

"您还记得我吗?"他问。

"当然记得。是你们在秋天乘飞船从一百万年前带回来一个直立猿人,而我却为此同所长作了一次极不愉快的谈话。你有什么事?想把直立猿人送回去吗?"

"让它住在这儿吧!它有许多好品质。不,不是为这件事,我是想借你们的时间屏幕用几天。"

"是那个在它下面的时候时间会倒退的屏幕吗?"

"我不会把它搞坏的。"

"这未必有可能吧，"理查德说，"明白吗，屏幕不是玩具。"

"可我并不打算玩玩具啊。我被杂草折磨得痛苦极了。请帮助我除掉杂草吧。"

"那时间屏幕在这儿又有什么用呢?"

"我有一个建设性的想法。"

"我可以同你一起上研究所所长那儿去，但是我百分之百地坚信，他是不会准许的。"

"我们还是去试一试吧，"阿尔卡沙严肃地说，"我会说服所长的。"

他是正确的。

第二天，时间研究所的技术员们在阿尔卡沙的试验田里安装了一块时间屏幕。

长着弯凸有角而且多刺的灌木丛爬满了畦地，有两尺来高。桔子苹果连影子也看不见。

"好吧，现在请你讲讲将怎样同杂草作斗争，"玛申卡·别拉娅一面仔细地观察那台奇怪的仪器，一面请求阿尔卡沙。在长着桔子苹果的畦地上空架着一块发光的白色屏幕，从屏幕到位于二十来公尺外的一棵芒果树树荫里的控制台之间拉着电线通着管子。

"非常简单，"阿尔卡沙回答说，"我已把一切都详细考虑好了。"

一位技术员使屏幕通上了电。

"杂草出现不久，才刚两天。在这段时间以前桔子苹果已经开始结穗了。那就是说，"阿尔卡沙说，"我们必须倒退到两天以前杂草刚要在地里出现的那个时候。到那时我们就把它们拔个精光。简简单单，不费

吹灰之力。"

阿尔卡沙转过身去问技术员："过多少时间屏幕下的时间可以倒退到两天以前？"

"过十五分钟左右，"技术员说，"注意，别让任何人溜进去。"

技术员年纪很轻，但非常严肃。他担心孩子们会不够尊重他。

"别担心，"帕什卡·格拉斯金说，"十五分钟内什么事情也不会发生的。"

他估计错了。十五分钟的时间并非那么短促。

玛申卡·别拉娅到游泳池里的海豚那儿去了；贾瓦德去看看为什么长颈鹿同家兔吵起架来了；阿莉萨想起忘了关上鸟笼；在那畦地上只剩下阿尔卡沙和帕什卡。

想不到竟然发生了这样的事：就在这时那条叫阿尔希梅德的蟒蛇在

芒果树上躺腻了，开始在控制台上空的一根粗枝上爬起来。

　　事先忘了警告技术员，树上居住着一条七尺长的蟒蛇阿尔希梅德，因此，可以想象得出他在听到沙沙声音，然后看到离自己鼻子五厘米远的一条巨蟒的两只一眨也不眨的眼睛时的惊恐之状。他朝旁一跳就是一尺来远，差一点把控制台碰坏，推倒了一把椅子，身子失去了平衡，便扑通一声掉进游泳池，消失在水面下。

　　阿尔希梅德害怕极了，它又重新爬回树顶。海豚齐心协力地潜入水中，因为它们非常喜欢拯救落水者，而这种人在生物实验站里是没有的。帕什卡和阿尔卡沙也朝游泳池奔过去。

　　掉下水去时，技术员碰了一下控制台，屏幕就全力开动起来。杂草很快便缩短，已经能够看清楚倒伏的桔子苹果的穗头了。第一个发现这些穗头的是一只公鸡。这是一位老大娘为了不感到寂寞而给自己买的一只小鸡，后来长大成公鸡，她就把它送给了生物实验站。之所以送给实验站是因为小鸡长大后，变得蛮横无理，天亮时高声啼叫，把全屋子的人都吵醒，还把邻居的一只雄猫啄个半死，对老大娘也不予理睬。老大娘忍无可忍，就把这只公鸡送给了生物实验站，从那时起，它在这儿已经游荡了快两个月了，到处惹事生非。

　　桔子苹果的穗头令公鸡大感兴趣。它走进畦地，开始啄食。屏幕以

每分钟两个月的速度在吞噬时间。过了一分钟，公鸡的鸡冠缩小了，非常漂亮的红黄色鸡尾已缩短了一半。又过了一分钟，公鸡变成了小鸡，它看到自己站在空荡荡的畦地里，感到很惊奇。正当它在思考接下去该怎么办时，它

又变成了一只白色的鸡蛋。

这只鸡蛋却落到直立猿人赫尔克里士的眼里了。

它非常喜欢吃鸡蛋，尽管人们很少给它吃。

赫尔克里士一跳就跳到屏幕下面，在地上坐了下来，抓起鸡蛋，打算把它咬碎。使它大吃一惊的是，鸡蛋在它的手掌里越变越小。赫里克士垂下头，竭力想搞懂究竟是怎么回事，后来它决定趁鸡蛋还没有完全消失就把它一口吞下去。它张开嘴巴，开始把鸡蛋往嘴里扔，可是在舌头感觉到它以前，它已经消失了。赫尔克里士感到莫大的冤屈，因而便抱怨地吼叫起来。

阿莉萨不慌不忙地朝屏幕走去。突然她发现技术员浑身湿漉漉地坐在游泳池边上，周围一些人在忙忙碌碌。她感到惊奇的是，为什么他要穿着衣服游泳呢？这时她又看到屏幕下面坐着赫尔克里士。

"到我这儿来，赫尔克里士！"她喊了起来，一面朝畦地奔去。

赫尔克里士根本不理睬她。它看着自己的掌

69

心。掌心上的老茧消失了——手掌开始呈粉红色，而且几乎缩小了一半。

　　阿莉萨觉得赫尔克里士变得年轻了，一秒钟也不能耽搁啦。

　　她冲到屏幕下面，抓住尖叫着的幼兽的双手，经过几秒钟的殊死搏斗，终于把它拖到外面。

　　这时，浑身湿透的技术员跑近控制台。他看了看时间计数器，啊了一声，马上关掉了屏幕。

　　可是事情已经发生了：

　　第一，阿尔卡沙的全部种植物——杂草也

好，桔子苹果也好——消失得无影无踪。第二，公鸡不见了。第三，赫尔克里士几乎年轻了半岁。第四，阿莉萨本人也变得年轻了。年轻多少，很难说。

技术员愧疚地收拾着仪器，不时用拳头威吓正在睡觉的蟒蛇，并说，阿莉萨在屏幕下面呆了将近十五秒钟，不超过这个数，那就是说，她年轻了将近两个星期。这是无关紧要的，不必介意。

阿莉萨当然没有同他争论，但从那时起她开始过两个生日，相隔两个星期，第二个生日只能在生物实验站上过，这是生物学上的秘密。

[俄罗斯]布雷切夫　原作

闵　莉　改写

文　俊　插图

美梦公司的礼物

我捏住两个锃亮的五分硬币，想到街上买一件称心如意的东西。逛来逛去，走到一个陌生的商店面前，橱窗里放着一个广告牌，上面写着：

你想经历《一千零一夜》里的奇境吗？请租一个梦吧！

您想逛过去和未来的世界吗？请租一个梦吧！

美梦公司向您提供各种奇妙的梦境，规格齐全，价格低廉。

啊哈，想不到还有租梦的奇怪商店，我的心儿被搔得痒痒的，两只脚不由自主跨进了店门。

"老伯伯，我想租一个一角钱的梦。"我怯生生地对柜台后面的一个

胖老伯伯说。

"噢，你要的是一个五分钟的短梦。"他笑嘻嘻地取出一叠彩色画片任我挑选。

他顺手拿起一张画着沙漠和金字塔的画片，对我说："这是一张非洲沙漠梦片，带回去试一下吧。"

我问他："真的闭上眼睛就能到沙漠里去吗？

"那还用说，"他说，"本店实行四包。包做梦，包梦境清楚。若有差错，包修包换，还包退款。"

我这才注意到，梦片边上印有一行烫金小字："科学态度，服务精神。美梦公司输梦技术誉满全球，领导世界新潮流。"我不由心动了。心想，就试一下吧，梦做得不灵，反正可以退款，便高高兴兴接过来往回跑了。

夜幕终于降临了，我飞快地做完了作业，迫不及待地跳上床，拿着那张画片左看右看，稀里糊涂进入了黑沉沉的睡乡。

不知过了多久，我的耳畔忽然响起了一股呜呜的风声。我迷迷糊糊地向四周一看，到处都是黄色的沙丘，一直伸展到天边。啊，美梦公司的梦片真灵，想不到我真的到沙漠里了。

　　沙漠里很难走路。我想，如果有一匹骆驼就好了。说来也怪，我刚一转这个念头，就冒出来一匹双峰大骆驼，让我坐在两个肉腾腾的驼峰中间，驮着我晃悠悠地开步走了。

　　不一会儿，骆驼带我走到金字塔面前。这座金字塔真奇怪，一边是石梯，可以毫不费劲地爬上塔尖，另一边却是光溜溜的像是滑梯，坐下来呼啦一下子就滑到下面的沙地上。我兴冲冲地玩了许多次，直到玩腻

了，才走下金字塔。

一会儿，刮风了。一阵旋风卷起黄沙，遮住了天地，金字塔和骆驼都不见了，差一点儿把我也卷到半空中。我一下子惊醒过来，用手一摸，梦片原封不动地压在枕头下面，真灵啊！

第二天，我把这件怪事告诉同学们。同学们听了都心痒痒的，想亲自试一下这个新鲜玩意儿。

往下的事不用细讲了。每天晚上我们都舒舒服服躺在各自的被窝里，不是沉浸在海底珊瑚丛中追赶美丽的热带鱼群，就是驾着小飞机飞过白雪皑皑的世界屋脊。有时，我牵着孙悟空的手，一个跟头翻到太平

洋心的荒岛上；有时，我见到了早就熟悉了的灰姑娘、米老鼠、白雪公主和七个小矮人。梦片甚至还把我带到荒凉的月球上，跳过一个个张着朝天大嘴巴的火山口，真有趣！

有一天，我又去借梦片。胖老伯伯问我："你满意吗？"

"真带劲极了，我在金字塔上玩了好多次滑梯呢！"

"你说什么？金字塔怎么能够当成滑梯玩？"他惊奇地瞪大了眼睛问我。我感到有些不自在，才吞吞吐吐地向他说明了情况。

他耐着性子听完了我的叙述，有些急了，紧紧抓住我的手质问道："出了这样大的漏子，为啥你不早说呢？"

　　我经不住他的盘问，又说出了骑双峰骆驼的事。他更沉不住气了，竖起指头教训我说："双峰骆驼是亚洲特产，非洲都是单峰的，根本就没有你在梦里骑的那种。看来若不是梦片有毛病，就准是你的脑袋出了毛病，该修理一下才好。"

　　我一听要修理我的脑袋就懵了，连忙摇手说："不必啦！做梦何必那么认真，谁做梦还那么讲科学性？"

　　谁知，他却大不以为然，挺认真地指着印在梦片边的烫金小字说："不，这有关咱们美梦公司的声誉，也和你自己有重大关系。咱们最注意的就是科学态度，有毛病必须改正，决不能给顾客留下错误的概念。"他稍微踌躇了一下，又感到抱歉似的申明："当然啰，如果责任不在敝公司，改梦是要收费的。"

　　说着，他就翻

捡出那张沙漠梦片，用放大镜仔细查了画面以后宣布说："噢，金字塔的图形太小了，看不清具体的特征，输送入梦的影象有些模糊，这是公司的责任，可以免费修改。可是梦片上并没有骆驼呀，这是你灵机一动产生的效果，就该自己负责啦。请你补交五分钱，让我们帮助你，把关于骆驼的错误概念纠正过来。要不，将错就错可了不得。"

　　话虽是这样说，我的心里还直嘀咕："脑袋怎么能够修理，该不会拆下来换零件吧？"柜台后面的胖老伯伯看出了我的心思，笑呵呵地说："放心吧，修理脑袋一点也不疼，保证不会动你一根毫毛。"

　　"真的？"

　　"谁还骗你不成！"

　　我想，只要不疼就成，便半信半疑地交了钱。胖老伯伯转身把那张梦片带进暗室，不一会儿就改好了。我接过来一看，只见画面已经完全变了样，一座巨大的金字塔耸立在面前，清清楚楚显示出是许

多大石块一层层砌成的，根本就不能当作滑梯玩。金字塔下有一群骆驼，背上都只有一个驼峰。

"你带回去试一试吧，如果有问题再来找我。咱们美梦公司对自己的产品百改不厌，直到顾客满意为止。"他笑容可掬地把我送出了店门。

修改后的梦片果然大不相同，我照例在一股风声中进入了梦境，迎面就瞧见了新添上去的那座大金字塔和一群温顺可爱的单峰骆驼。奇怪的是，远处还有几只狮子和大象。我还怀着上次梦中的那股没有消磨尽的兴奋劲儿，气喘吁吁地攀上金字塔顶，打算从另一边滑下去。可是我低头往下看就傻了眼，只见脚下是层层叠叠又宽又高的石阶梯，这怎么滑呀？

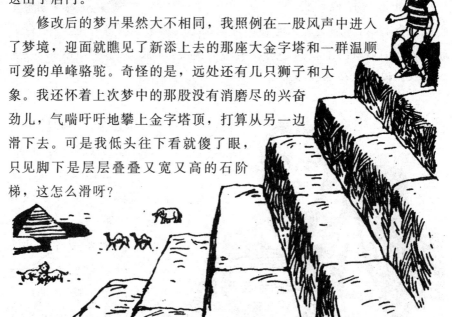

这时，耳畔忽然传来一个熟悉的声音，仿佛是美梦公司的那位胖老伯伯贴着我的耳朵在悄悄说话：

"金字塔是古代埃及法老的陵墓，法老就是国王的意思。瞧，这些大石块都是奴隶们用滚木从远的地方搬运来的，每块重十二吨，得费很大的劲，才能堆成这座高大的尖塔。

"请你注意，这座金字塔的底面积除以两倍的塔高，刚好等于圆周率 3.14159。塔高乘上十亿，还大致相等于地球和太阳间的距离，一亿五千万公里。它设计得多么巧妙，表现出古代埃及的数学和天文学水平，像是一座会说话的古代科学的纪念碑。你说是吗？"

我使劲擦了擦眼睛，抬头瞧了瞧天上红彤彤的太阳，又看了看脚下的金字塔和沙漠大地，心想："说得对呀！古代埃及的劳动人民真了不起。"

这时，那个神秘的声音又在耳边轻轻响起了："你不想钻金字塔，瞧瞧埃及法老的坟墓是什么样子的吗？"

听说是钻坟，我害怕了。可是又经不住那个充满诱惑力的声音的不住呼唤，最终打动了我的心，踏着阶梯走下去，找到了一个隐秘的石门。石门关得紧紧的，我用尽了气力也没法撬开。这时我多么盼望那个神秘声音再提醒我一句，可是它也像是束手无策，竟一声不吭了。我苦苦琢磨了一会儿，搔了搔脑袋，忽然急中生智，对着石门放声大喊：

"芝麻，开门！"

　　想不到这句咒语真灵，喊声刚停，两扇沉重的石门就"轰隆"一声慢慢敞开了。我弯下腰朝墓里看去，只见里面黑咕隆咚的不知深浅。我心想："要是有一支冲锋枪我就不怕了。"这个念头刚一冒，只听呼地一声，也不知从哪儿飞来一支油光乌亮的冲锋枪，端端正正地套在我的脖

子上。我闭上眼睛，端起冲锋枪朝里面"嗒嗒嗒嗒"扫了一梭子，这才壮起胆子小心翼翼地摸进去。

墓室里漆黑阴森，似乎到处都有一双双狡黠的小眼睛躲藏在暗中窥探我，脚下还磕磕绊绊的，不知横七竖八地堆着些什么东西。我想："要是有灯就好了。"顿时，四面八方都亮起了灯光。只见墙壁上挂满了蜘蛛网和生锈的武器，地上堆满了金光灿烂的珠宝。一个头戴金冠、白胡子拖地的干瘪老头儿手扶着鲜血汩汩的肩膀，坐在珠宝堆里直哼哼，向我诉苦说："哎哟，你的冲锋枪把我打得多痛呀！"

"你是谁?"我向他道歉以后，惊诧地问。

"我就是这座金字塔的主人，古代埃及法老呀。"

"真对不起，让我陪你上医院去瞧瞧吧。"

谁知，他眨巴了几下眼睛，像是忽然想起了什么，自言自语地说："不用啦！我真糊涂，忘记自己已经死了好几千年，不应该嚷疼，也不该随便说话。"说着，他脱下头上金冠，向我很有礼貌地鞠了一躬，便闭上眼睛躺了下去，一动也不动了。

"再见，法老。"我向他招了招手，一下子就醒了。窗外漆黑一片，夜正静悄悄，原来是一个梦。

"深更半夜的，你要上哪儿去？为啥要和我再见？"躺在对面床上的姥姥惊醒了，感到很奇怪。

"不是姥姥，是法老。"我解释说。这一说，她反而更加糊涂了，睁大了眼睛在黑暗中打量着我，怀疑我在说梦话。我披上衣服坐起来，费了好大的劲才向她说清楚，末了建议说："您不信，就自己试一试吧！"

"别胡闹！我可没有腿劲爬金字塔，也不想钻坟。"姥姥听说是坟就直

摇头。我再劝说，她干脆拉起被子蒙住脑袋不睬我了，仿佛生怕我会把那个怪梦硬塞进她的脑门里似的。

我想了想，忽然冒出了一个好主意，决心捉弄她一下，躺上床假装打鼾。过了一阵，估摸姥姥已经睡熟了，才踮起光脚丫蹑手蹑脚地走过去，悄悄把梦片塞在她的枕头底下。我侧着耳朵听，不一会儿就在枕下传出一阵阵闷气的风声。姥姥在越刮越猛的风声里说起梦话来了："嗬，

好大的风呀！为啥到处都是黄沙子，一棵树也没有？"过了一会儿，她又嘀咕："骆驼背上拱起这么大一个包，怎么骑呀？"

我伏在她床前，不由笑疼了肚皮，使劲咬住床单才没有笑出声。

不多久，姥姥呼哧呼哧地直喘气，不住嘴地说："咦，这是一个什么玩意儿，山不像山，塔不像塔，还有这么多石梯？"再一听，枕下又传出一个解释金字塔的熟悉声音。我才恍然大悟，梦片不仅有图像，还藏着录音磁带。梦前看见的图像和梦中的声音刺激了大脑里的视觉和听觉细胞，把人们一步步引进预定好的梦境里。

五分钟后，姥姥做完梦睁开眼睛，我忙不迭地打听，除了狮子、大

象和墓室里的冲锋枪，几乎和我梦见的情景一模一样。

第二天，我把这一切都告诉美梦公司的胖老伯伯。他点头说："是啊，梦片的原理就是这样的。人睡着了，可还有许多脑细胞没有休息。输入一个科学的梦，又有趣，还能学到许多有用的知识。"

接着，他皱着眉头，叹了一口气说："唉，孩子，看来你的脑袋真有些问题。狮子和大象怎么会跑到沙漠里去？再说，金字塔不是阿里巴巴和四十大盗的宝窟，法老是干瘪的木乃伊，也不会说话呀！你该参加梦授学校的学习才行。"

针对我的情况，他建议我先学生物和地理，往后再加历史和外语，到埃及去梦游，不懂阿拉伯语可不成。

梦授学校原来是这么一回事，我兴高采烈地付了学费，抱了一大叠梦授教材——有趣的系列梦视片，欢蹦乱跳地跑回家。梦片是最形象化的课本，最有耐心的老师，一次又一次地纠正了我的许多错误概念，传授给我许多有用的知识，在梦的旅游中，我逐渐感到阿拉伯语不够用了，同时又学了一口流利的英语和音乐般动听的西班牙语。我在梦中的各门功课的学习成绩都是优秀。有一天，我在课堂里随口说了一句阿拉伯土语，老师也懵住了。我忙用英语向他说明，他才吃惊地瞪大了眼睛说："瞧这孩子，从哪儿学来满口的外国话。"

"这是美梦公司的礼物。"我故作神秘又很骄傲地说。尝过美梦片甜头的同学们都会心地笑了。

［中国］刘兴诗

钱东良　插图

捣毁魔窟的战斗

一、"幻想号"试航遇难

自登月成功后，航天技术突飞猛进，人类实现了统一，一个以地球为中心的太阳帝国建立了，它同太空其他许多星座的民族保持联系。

太阳帝国统帅佩里·罗登率领备有新型的直线形驱动装置的宇宙飞船"幻想号"向银河中心进发，作一次试航。他的部下中有许多具有各种特殊技能的人。

飞船以数亿倍于光速的速度误入一蓝色太阳系，那是一个被称为"阿科南"的领地。他们具有比人类先进得多的技术，自视甚高、蔑视一切。他们对于人类突破自己的蓝色防护电波网及发现他们的存在十分恼怒。于是，阿科南异星族领袖便命令发动袭击。他所用的控制生物分子转化的光波，使得飞船上的人员一瞬间全身陷入麻痹，失去了抵抗力。

在这危急时刻，佩里·罗登的得力助手古基以惊人的力量用半麻痹的手成功地启动了飞船自动点火系统，使飞船猛地升空飞离蓝色太阳系。但是阿科南异星族武装部还是用高技术在空中击中了上升的飞船。在一阵爆炸声中，

佩里·罗登率部下八十余人，身着特殊防护战服，乘坐一艘小型飞行器在熊熊火光中逃离飞船。然而，已经死去的两百多人却随同那飞船一起在空中被炸成了碎块。

由于续航能力有限，小型飞行器迫降在一个无名星球上。谁知祸不单行，那里的地面竟具有某种生命力。地面居然会涌动成形，并吞没一切。飞行器很快便被吞没了。变成人形的岩质物体向佩里·罗登一行不断发动攻击，情况危急。佩里·罗登无奈，只得发出求救信号。罗登的呼救信号恰巧被太阳帝国地球人的一艘走私飞船"利扎德号"收到。船

长格雷·邦德虽然凶狠暴躁，但很有侠义心肠。他见同类遇难，便毅然冒着走私被揭露的危险，以超光速跃进，直驶无名星，救出了佩里·罗登一行。

然而，人类的危难并未过去。阿科南为了消除潜在的危险，侵入太阳系，暗暗地在一颗小行星上埋下一些传感器然后便匆匆飞离。实际上，他们在那里留下了

一种名叫"麦尔色 MAL－SE"的毁灭性生物武器。麦尔色 MAL－SE 对陌生蛋白体十分敏感，它能很快地附着在蛋白体上，并使被附着体在数月中成为一种单细胞物体。佩里·罗登被迫应战，他派出的四个机器人摧毁了传感器。没料到返航的机器人却带回了麦尔色 MAL－SE。

不多时，整个人类染上了麦尔色绝症。医学家们束手无策，太阳帝国陷于崩溃灭绝的威胁之中——原生质瘟疫已在地球上广泛蔓延。这时，来自法国的一个报告引起了佩里·罗登的注意：离巴黎50千米附近有一个小城市，名叫"索瓦西·苏尔·塞纳"，那里有45 000个居民却奇迹般地没有一个人染上血管瘤病——原生质病的第一病症。佩里·罗登闻讯立即决定带上几名得力助手赶赴现场。

二、夜探古堡魔窟

标准时间三点二十分。大地城——地球人总部罗登指挥室亮起红灯。热线铃声响起，屏幕显示出默肯特——罗登的元帅——严肃的脸庞。

"长官，完全证实：离巴黎 50 千米处的索瓦西·苏尔·塞纳确实未发现原生质病例。请下达下一步行动指令！"

"注意，半小时后在宇航港 67 号泊位见面。那里的'缅甸号'飞船已待命起飞。"

罗登关闭热线，又向他那具有特异功能的行动组——雷舍纳德·布尔，约翰·马沙尔，拉斯·费拜和他的亲密助手古基发出了紧急行动指令。

他们准时抵达宇航港67号泊位。"缅甸号"的脉冲发动机已开始预热运转。罗登及其随从立即顺着舷梯奔上了飞船。中心过渡舱中射出灯光，只有外舱门敞开着。过渡舱中已摆好七件宇航服。

"穿上，"罗登命令着，"关上头盔，检查空气储存。"

半分钟后，"缅甸号"带着脉冲发动机的轰鸣声跃入空中。

"你还不打算告诉我们着陆点吗？"默肯特有些心急地问。

"我们在索瓦西·苏尔·塞纳郊外降落。"

"哎呀，事关什么？我的老天，现在还打什么哑谜？"古基也沉不住气了。

"事关一种怀疑，也是一种希望。但可能有危险，我们不在那个小城市降落，而是跳伞，还是谨慎些好。"

罗登这时才告诉他们，他的怀疑涉及到各个方面，尤其是，很可能阿科南人已侵入太阳帝国建立秘密基地。索瓦西·苏尔·塞纳没有原生质病例，十分蹊跷。

他们在一万米高空手拉着手在索瓦西·苏尔·塞纳郊区上空的夜幕中跳下。

当高度指示仪显示出离地面还有300米时，宇航服中的抗重力发电机便自动调到了最大功率。七个人像飘浮的羽毛落在了地面上。

落地点恰好距离索瓦西·苏尔·塞纳城三公里。

约翰·马沙尔和古基受命开始行动,进行监听。他们尝试着发现能够为他们提示异常现象的思维流。

这时,从高速公路上开来一辆汽车,车前灯闪亮着,汽车车灯光柱远远地射入夜幕。只见那辆汽车开得飞快,驾驶者肯定非常熟悉这段路程。小汽车就在罗登一行几人 1 千米外的地方,疾驰而过。

罗登一行正站在空旷的田野里,急切地等待着古基监听的结果,希望他能发现点儿什么。

"头儿,那辆高速小车中坐着个阿科南人,"古基那尖细的嗓音由于激动变得刺耳,"我先走了,马沙尔,请跟我保持联系。"

最后一句话音刚落,他已借助遥遁离去。

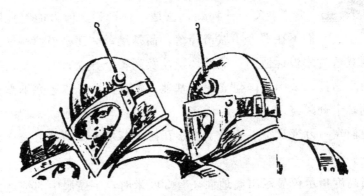

过了一会儿，约翰·马沙尔说："古基准是疯了。他坐在那小车的车顶上，正飞速驶向城里……现在经过集市广场……环形交通高速立交桥——三环街，又向左拐了……古基以为这是一条通向城外的公路干道。小车现在又加速啦……啊，这小家伙发出咒骂声哩，他几乎快抓不住车顶了。他似乎想远距离遥遁……啊，不，他还是留在原地，小车减速了，已拐进一条私用便道。哟，小车到了一座小城堡前……有四个阿科南人。三个在等这辆车。又有一个走出房子，戴地球人面具的阿科南人……"

"喂，马沙尔，这就够了。"罗登打断了他，"我们马上出发，去追赶古基。你用思维流联系，给我们带路。"

三、古堡遭遇战

他们迅速从地面升起，在 100 米高处手拉手列成一行，朝小城古堡飞去。

街上照明很好，可以辨认出集市广场。只有不多的屋里亮着灯光，索瓦西·苏尔·塞纳城在沉睡。

约翰·马沙尔靠着与古基接通思维流，领着他们飞向目标。古基和阿科南人就在那里。他们悄悄降落在一个公园的灌木丛和花坛之间。公园中间便是那座小城堡。

他们落地后感到夜间空气中有些凉意和潮气。两百米外的小城堡门口亮着灯，那儿停着一辆小汽车，看来便是他们在郊外时见到的那辆高速奔驰的小车。

"古基在城堡中，"马沙尔报告，"里面聚集着银河医学家。据古基看来，他们是在谈论原生质传染。他们……"

一秒钟后，古基已站到他们面前。

"打开头盔，"罗登轻声命令道，"关掉电台。我们可不能让别人测出方位……"

罗登话音未落，马沙尔已急急打断："长官，阿科南人已经发现我们。他们已派出战斗机器人发起进攻啦！快走！他们的波束定向射线正罩着我们哩！"

当第一声警告发出时，罗登已打开他那强功率小型收发报机向着话筒叫道："鸽子！鸽子！两次苍鹰！"

阿科南人对这暗号密码迷惑不解，停顿了一下，加强自己的防卫，以免遭到突然袭击。等他们意识到这仅仅是呼号时，“缅甸号”已在城堡上空。

阿科南人的战斗机器人用辐射枪向他们射击，但它们那远射程能源束仅仅毁掉了大部分公园设施。因为在第一批射束击发之前的一刹那，罗登已率领大地人和古基直线射向黑暗的天空。

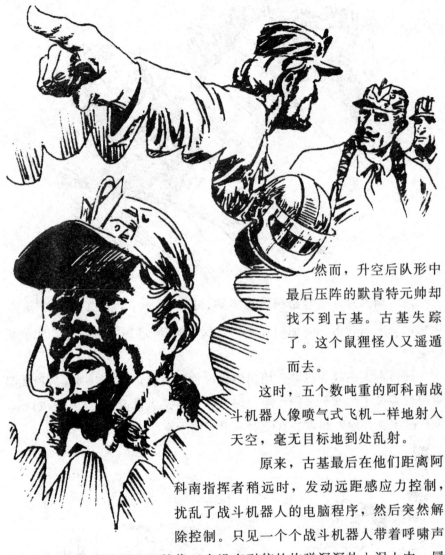

然而，升空后队形中最后压阵的默肯特元帅却找不到古基。古基失踪了。这个鼠狸怪人又遥遁而去。

这时，五个数吨重的阿科南战斗机器人像喷气式飞机一样地射入天空，毫无目标地到处乱射。

原来，古基最后在他们距离阿科南指挥者稍远时，发动远距感应力控制，扰乱了战斗机器人的电脑程序，然后突然解除控制。只见一个个战斗机器人带着呼啸声从几百米高空失控下堕，就像五个没有引信的炸弹深深扎入泥土中，冒出一股股黑烟……

"长官，阿科南人要炸城堡！"

马沙尔的警告慢了几秒。

只见地面强光一闪，一片火焰吞没了索瓦西·苏尔·塞纳城边座落了四百年的小城堡。

第一阵冲击波把罗登一行逃亡者像枯叶似地刮离了城市上空。他们手拉手组成的链条也被气浪冲断了。

四、破获地下实验室

古基只听到爆炸的轰隆声。灾难发生的一秒钟前,他已遥遁而去。他顺着来自下面深处的一股思维脉冲向下飞跃。他右手紧握一支粉碎辐射枪,左手握着一支脉冲休克枪,两支武器一下子对准了三个阿科南人。

阿科南人猝不及防,不知古基怎么会突然从天而降。其中一个吼叫着,试图去抓脉冲枪。然而,面对古基的远距感应力,他脚步一个踉跄,像只皮球一样弹射向天花板,落地撞击,失去了知觉,另外两个躺倒在角落里,动弹不得。

古基发功,闯入阿科南人的思维中,力图发现地下站的详细情况。然后他点点头,用休克枪使几个阿科南人昏然睡去。

古基已了解到,自己正处在阿科南人侵入地球的一个地下设施中。这些狡猾的阿科南人能够以目前大地人费解的方式，神不知鬼不觉地随时走出地面，并在索瓦西·苏尔·塞纳城边扎下据点。在公开场合这些丑八怪便扮做地球人出现。

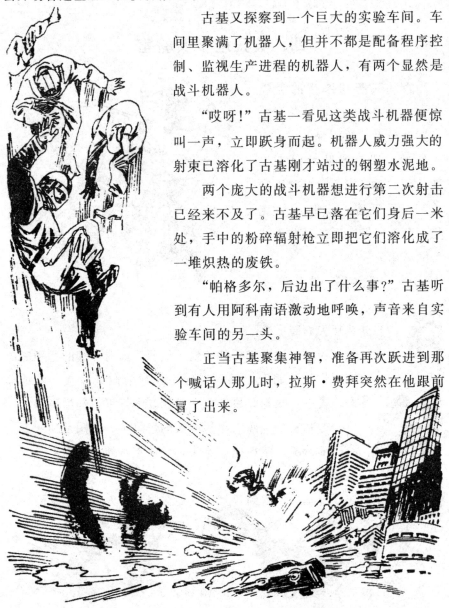

古基又探察到一个巨大的实验车间。车间里聚满了机器人，但并不都是配备程序控制、监视生产进程的机器人，有两个显然是战斗机器人。

"哎呀！"古基一看见这类战斗机器便惊叫一声，立即跃身而起。机器人威力强大的射束已溶化了古基刚才站过的钢塑水泥地。

两个庞大的战斗机器想进行第二次射击已经来不及了。古基早已落在它们身后一米处，手中的粉碎辐射枪立即把它们溶化成了一堆炽热的废铁。

"帕格多尔，后边出了什么事？"古基听到有人用阿科南语激动地呼唤，声音来自实验车间的另一头。

正当古基聚集神智，准备再次跃进到那个喊话人那儿时，拉斯·费拜突然在他跟前冒了出来。

"古基，帮我一下，寻找罗登和其他人吧！"

古基二话没说，他们一起腾空跃进。

只见罗登、布尔和默肯特站在一家机器厂围墙边。

"拉斯和我在这里。"古基报告。他自己在头盔中听到了罗登的声音："马沙尔呢？"

"罗登，马沙尔以后再说。"古基着急地打断了他，"阿科南人在 500 米地底下有个巨大的药厂，那里仍在高速运转。我们必须在银河系医学家们把它炸毁以前赶到那里，否则这个城里的人必遭浩劫，大地人原生质病也无法消灭啦！"

"果真如此，我一直预感他们在地球上暗设了据点。走，先把它解决掉！"

罗登和布尔抱住了古基的宇航服。默肯特用手臂围住了拉斯·费拜的肩膀。

"跳！"古基发出了命令。两个远距遥遁者带着三个同伴进入了银河医学家的地下工厂。

八个阿科南战斗机器人冲了过来，十一个

101

阿科南人紧随在后，并灵活地在金属罐后隐蔽身形。

"你们这些家伙！"古基尖声吼叫着，"拉斯，你从上边解决机器人！快，闪开！"他叫道，没等罗登下达命令即投入了战斗。

当罗登及其同伴及时隐蔽起来时，古基和拉斯小巧灵活的身躯一个从空中向下冲，一个闪到战斗机器人背侧，以调到能量度的休克辐射枪对准了七个阿科南人。那些阿科南人根本没料到袭击不是来自正面。被击中的银河医学家们就像被闪电打中般瘫倒在地。而那些电脑战斗机器人的强大射束却失去目标，反被拉斯和古基从上面和侧后用粉碎辐射枪和脉冲冲击枪几道高能射束击中。眨眼间，五个数吨重的战斗机器人已被摧毁。这时剩下的三个机器人才测出攻击来自何方。

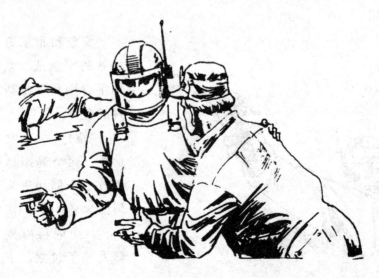

它们迅速转过金属脑袋，调整了射角。古基和拉斯处境十分危急。因为这一切均发生在几秒钟之间。

不过，战斗机器人没料到罗登和布尔已抢先从另一隐蔽处以粉碎辐射枪发出了强射束，击毁了三个战斗机器人，为古基和拉斯解了围。

战斗结束了。罗登一行警戒地巡视这座巨大的地下工厂。车间里其他一些工作机器人似乎对刚才的一场大战毫无反应，仍然继续操作生产的运行。

古基和拉斯与罗登会合到一起。

"这里在干什么？罗登？"

"啊，古基，要弄清这个，得请科阿图和其他专家马上到这里来！"

"五分钟后我准能把他们请来，你看着表吧！"古基说完，人已遥遁得无影无踪。

罗登没有理会古基，只是命令其他人一起继续搜寻实验工厂。他们还没查完，古基和拉斯已把罗登需要的专家请来了。

罗登立刻转向这些科学家："先生们，我对医学完全是门外汉，所以

无法下达更清楚的任务。不过，我希望各位尽快帮助我们从这个地下实验室中找出能阻止原生质病的药物，以便解救人类。"

医学专家们巡视了一下，回答说，根据索瓦西·苏尔·塞

纳城范围内没有原生质感染的情况，以及实验室现状，这里应该找得到一种抵御原生质的手段。这儿的一切都显示，阿科南人发明了这个。

正在这时，古基激动地尖叫了一声。"罗登，说对了，我刚抓住了一个阿科南人的思维流。这家伙正担心我们会找到某种叫奥斯卡——脉动器的东西。

"立刻陪同一位专家去大地城医学研究中心，查询奥斯卡——脉动器，但愿这个提示能帮助这儿的几位专家更快地完成任务。"罗登下达命令后，便陪医学家们继续一个个车间搜查去了。

古基带着科阿图博士远遁而去。

没过多久，负责搜查实验室的专家组已经提出报告：阿科南人发现了一种香料，可与原生质进行化合，其结果就是能通过对细胞液体化而使原生质病原体失去活性……

搜查组专家还没说完，宇航服中的微型收发报机已经响起。大地城医学研究中心紧急要求与罗登通话。

"长官，"一个男子的声音欢呼着，"我们借助阿科南人的分析报告，找到了一种对症药，一种香料，它可以让原生质成为一种无害的蛋白质晶体。长官，我们的使命完成啦！"

罗登闭上了双眼，全身感到一阵轻松。

这时宇航服中的送话器仍在响着。古基尖细的叫喊声清晰地传出：

"今天是多么美妙的日子啊！"

[德国] 舍　尔　原作

艾　莹　程　方　改写

陈云华　插图

会说话的红树

一、埃德的信

春天来了，灰黄色的田野和光秃秃的树枝随着潮湿、温暖的微风，绽出了生机勃勃的一片嫩绿。越冬的麦苗像是苏醒过来的绿衣天使，在大田里翩翩起舞。

汤姆在乡间的小屋门口站着，向外眺望。他的小女儿安妮来到门口。她个儿不高，红红的头发，圆圆的脸蛋上挂着愉快的微笑。

"您好，爸爸。今天天气很好。"安妮很有礼貌地说。

"你好，安妮。今天，我要跟比尔到农场去干活，去看看麦田。"汤

姆说，"你在家帮妈妈干活吧。"

"爸爸，天气这么好，我也要跟您和比尔到大田里去！"安妮请求着。

这时，安妮的妈妈来到门口，劝阻说："不，安妮你别去。小孩子别……"

"有信吗，贝蒂？"汤姆问。

"有一封埃德寄来的信。"安妮的妈妈贝蒂回答说。埃德·亚历山大在澳大利亚工作，是汤姆的弟弟。"他在信上说了点儿啥？"

贝蒂看完信，对她丈夫说："他已经到宇宙航行局去工作了。他说，他们将派出一艘巨大的宇

宙飞船到异星上去。上星期，他们已派出一艘小型飞船，是无人驾驶的遥控探测飞船，上面一个人也没有，只有一些精密的照相设备。据他说，摄影机将向伦敦的居民发送异星的照片。"

"我在报纸上已经看到过了，"汤姆说，"可是，埃德什么时候回来呀？"

"六月份，汤姆。他们将在六月份派一艘巨型宇宙飞船到异星上去。埃德就乘这艘宇宙飞船。他还说，他打算在六月份出发之前来这儿的农村呆几天。他想在这儿的农田里坐坐，听听鸟叫。"

"那很好啊！"汤姆站起身，戴上他那顶灰色的旧帽子，走了出去。安妮看了妈妈手上的信。

"埃德叔叔现在像啥模样啊，妈妈？"

"他像你爸爸呗，不过，他比你爸爸长得瘦长些。"

"好啊！我要写信对他说：请给我带许许多多邮票，还有一套宇航服……"安妮快活地对妈妈说。

二、一棵红色的小树

时间过得飞快。转眼间，大田里的麦子已经由绿转黄，庄稼长得更漂亮了。

一天，汤姆把安妮带到大田。安妮说："爸爸，请过来，您瞧瞧这个。"

"麦子长得漂亮，安妮，我知道。"

"不，您瞧这是什么！"安妮问，"那田中间红红的是啥东西？"汤姆扭头一看，田中央竟长出一棵红色的小"树"。"奇怪，前两天还没有嘛！"汤姆说着，走了过去。"这是棵野灌木，可我从没见过这么血红的灌木。"他说，"我得把它拔掉，不能让田野长草。"

安妮也向那棵小红树奔去。她仔细观察起那又红又小的叶子。"挺漂亮呢，爸爸。"她对父亲说，"爸爸，您别把它拔掉！"

小红树的枝条晃动起来，小红叶像在风中摆动一样，发出一阵阵沙沙声。

"爸爸，快看，小红叶在向我们招手呢！您千万别伤害它！"

"它确实很漂亮，但是不行，还是得把它拔掉！"说着，汤姆便朝小红树走去。

这时，只听得贝蒂在家门口叫喊着："汤姆，快来！埃德来啦！"

安妮正在焦急，听见后立刻拉起爸爸的手往家里跑去。

三、埃德的计划

安妮和爸爸回到家里，果然看见埃德叔叔迎了上来。安妮松开拉着爸爸的手，向埃德叔叔奔去。埃德满面笑容，伸出筋肉结实的双臂，一下就把安妮举过了头，然后把她驮在背上。安妮一会儿瞧瞧他那红色的头发，一会看看他那雪白的衣裤。

"你的衣服有不少口袋呀，埃德叔叔。这是不是一身宇航服哇？"

"啊，不是。安妮，我给你带来了一大叠照片，上面有宇宙飞船上穿宇航服的人。你要的邮票也带来啦，还有一部收音机，送给你收听。"埃德说着，便带着安妮走进了房间。

"埃德叔叔，给我带宇航服来了吗？"没等大家坐下，安妮已忍不住，急切地问。

"没有。"贝蒂说，"叔叔离家三年了，他不知道你多高，怎么带。叔叔下次会带一套给你的。"

当天晚上，安妮的妈妈做了一顿很好吃的晚餐。她用大量的白脱油炸了一只小鸡，做了一些奶油面包，还准备了甜酒和水果。安妮吃得非常开心，她也没有忘记不时地把好吃的东西递给埃德叔叔。

晚饭后，一家人都坐在客厅里喝咖啡，同时听埃德叔叔讲宇宙航行的故事。

原来，埃德叔叔已经做过许多次宇宙探险了。异星是他们计划中开发的新星。他们已取回了异星尘埃、岩芯和大气样品，进行了相当长时间的研究。数据证明，异星有可能成为太阳系之外人类的另一个宇宙空间站，甚至将有可能成为一个新的移民点，或成为稀有金属太

空矿区。宇航局已同一些
跨国公司联合制订了开
发计划，打算把异星作为第一
批爆破取样的目标之一。
埃德叔叔拿出一些照片，
里面有比房子还大的宇宙
飞船，还有人在又红又热
的天底下穿宇航服在工作
的照片，其中有一张是埃
德叔叔穿着银色宇航服在

太空行走的，真是太有意思了。然而，有一张安妮看不懂，照片上只有
一团火球和巨大的烟柱，背景上灰蒙蒙的，地面到处是凹凸不平的乱石
堆，一点儿也不好看。埃德叔叔说，那是宇航局第四研究所和欧洲一家
公司在异星上以微型氢弹进行爆破。安妮不明白，为什么要把美丽的太
空和宁静的星球弄得火光闪闪、尘雾迷蒙！

　　妈妈看到安妮发呆，便说："天不早了，安妮，该去睡觉了，明天
再听埃德叔叔讲故事吧。"

　　安妮登上楼梯，走进自己的卧室。可是她还不想睡。她躺在床上，
透过窗子遥望天空，只见叔叔曾指给她看的那颗异星高挂在天际，很

小，但很红。

"它像只眼睛。"安妮一边自言自语，一边感到害怕起来。她拉上洁白的小床帐，给自己盖上毛毯，闭上了眼睛。然而，她的脑海里全是那些宇宙飞船，全是那气得发红的脸似的天空，还有闪闪发光，像要爆炸的星星。她分不清这是自己的幻觉还是真实存在的东西。

四、"别砍倒它！"

第二天早晨六点钟，安妮起床了。

她吃过早餐就回到房里去，坐在窗前仍在想着昨天晚上的那些星星。

突然，她看到爸爸跟比尔老爹一起向大田走去，后来便在栅门边的树下坐下，不知在谈着什么。

"哎呀，不好了！"安妮惊叫起来，"他们已经带上斧头了，他们准是要去砍掉那棵小红树！"

"什么小红树啊？"埃德叔叔走到安妮身边温和地问。可是安妮没有再听叔叔说下去，就冲出房门，奔到爸爸那儿去了。

"爸爸，别砍！"安妮边奔边喊，"它不碍你的事。"

安妮爸爸惊异地看了她一眼说："那是棵野灌木呀，安妮。你来瞧瞧，这红树下的麦子都枯黄了，它抢走了麦子附近的水分。它在抢我们的口粮呢！我得把它砍掉！"

"别，别砍！"安妮大声恳求着，忍住了泪水。这时埃德叔叔走过来

扶住她。

"这是你爸的汗水田呀，安妮。"他解释说，"再说，这麦田也是你和妈妈的粮仓哩，别哭了，安妮。"

汤姆抡起大斧，嘴里数着"一、二、三"，安妮难过地双手蒙住了眼睛。

只听"嘣"的一声，那大斧竟从爸爸手里飞了出去，掉落在地上。爸爸十分恼火，却只是抖着一只手，大概是震痛了。

比尔老爹拿起斧头看了看，对汤姆说："让我来砍吧，请让开些。"他说着脱去了上衣。

"埃德，你把安妮送回去。"汤姆对弟弟说。

安妮还没走，就见比尔老爹抡起的大斧突然放下了。

"好像有小孩在哭，真是怪事。"比尔老爹吃惊地说，"你听，汤姆！"

汤姆听了哈哈大笑，说："比尔，你早上喝了什么啦?醉了吗?把斧头给我吧！"

说着，汤姆再次抡起大斧，然而斧头还未落下，几根红树枝条便把汤姆的右手缠住了，枝条坚韧得像浸了水的绳索。汤姆的右手被紧紧缠住，动弹不得，那

斧头便从他手里掉了下去。汤姆吓得面无血色。

"哎哟，它弄伤了我的手啦!"他恼怒得大叫，"我非把它连根挖出来不可。"

于是，汤姆和比尔使劲地掘啊、挖的，可是四周的土地硬得像岩石，怎么也掘不开。

五、异星上的树

埃德叔叔带着安妮回家，正巧安妮妈妈贝蒂向他们走来。

"埃德，客厅里有个人，他有事找你。"

埃德一进客厅，一位年轻人便站起身来，自我介绍说："我叫保罗。遥控的宇宙飞船已经发回一些有关异星的照片。我给你带来了一张大照片，放在桌子上。还有一些情况，局里叫你早些回去研究，以便决定下一步行动计划。"

埃德拿起照片瞧了瞧，说："怪事，那是一棵红树呀，异星上一棵树都没有啊。异星上很热，又很干燥，全是灰尘和岩石。他们搞错了吧……"

"我们都是这么说的，可是照片一点儿没错。我们已经反复检查过

了。告诉你，还有怪事呢！局里和环保部、安全部都接到报告，地球上许多地方也发现了照片上这种怪树。据说这种怪红树会发声，会无风自己摇动，它出现的地方植物会枯死。你再看看这照片吧！"说完，年轻人走了出去，驾车驶回驻地。

正当埃德惊奇地观察照片时，安妮走了过去。

"我给你端茶来啦，埃德叔叔！"安妮说着，凑过去看那张照片，"挺漂亮嘛，埃德叔叔，你什么时候给那棵小红树拍了照片呀？"

"我没给你的红树拍照片……你说什么？这是异星上拍的照片……"

安妮大吃一惊，没听完埃德叔叔的话就奔出房间，直向大田跑去。

六、红树传来信息

"爸爸，比尔老爹，别砍啦！"安妮边跑边喊，"快去看埃德叔叔的照片吧！"

安妮气喘吁吁地奔到爸爸和比尔老爹身边，只见他们两人累得满头大汗，小红树周围的土地仍旧没有掘开多少。安妮把异星照片的事断断续续讲给他们听。

汤姆和比尔惊异得睁大眼睛。汤姆仍不大相信，还是比尔老爹提醒他：

"回家去看看照片，问问埃德是怎么回事再说吧！"

汤姆和比尔老爹走后，安妮走近小红树，想看看它是否被砍伤。谁知她刚一靠近，小红树的枝条和小红叶便摇动起来，树梢尖细的枝条像鞠躬似地朝安妮弯了弯。

突然，安妮衣袋里的半导体收音机响了起来。

"安妮，安妮！我是小红树，

我是小红树——异星使者。告诉你们的人，不要再放核炸弹，不要爆破，不要扰乱我们的安宁，破坏我们的环境！"

安妮吓得目瞪口呆。过了一会儿，她镇定下来，慢慢理解了小红树的意思。

"小红树，我会的。请放心，我一定告诉埃德叔叔，并且让他说服宇航局修改计划。"安妮话音未落，小红树仿佛善解人意似地摇了摇小红叶，小树梢的嫩枝又弯了弯，像是在点头。

　　这时，埃德叔叔朝安妮走来。他听了安妮刚才说的话，想起那红树竟会跟异星上拍摄的怪树一模一样，感到惊异，特地前来观察，想看个究竟。

　　安妮把发生的一切告诉了埃德叔叔，还再三呼叫着小红树，要它把自己说的话再说一遍。可是小红树沉默地轻轻摇摆着枝条和小红叶，没

有再重复它曾带给安妮的信息。

埃德叔叔虽然感到宇航局拍摄的异星照片跟这小红树完全一样确实很怪，却不大相信安妮的话。不过，为什么这么细嫩的小红树竟不怕刀砍斧伤？为什么许多地方会突然冒出这么多怪树来呢？

"得马上回宇航局研究所，汇集一切信息……"

埃德叔叔走后两星期，小红树竟然像它出现时一样，一夜之间就不见了。安妮家的生活又恢复了老样子。大田里麦穗一片金黄，收割机已经开始忙碌起来，妈妈烘面包的香味好像更浓了。安妮又快活起来。

不久，埃德叔叔写信来说，安妮没有说谎。他在局里看到其他地方上报的材料：出现过小红树的几个地方，也有人反映安妮听到的小红树所传送的信息。奇怪的是，只有天真无邪的孩子才听得到小红树说的话！宇航局暂停在异星进行爆破，改为建立太空人造卫星中继站。这之后，各地的小红树竟然一夜间全都不见了。至今，这件事还是一个谜！

[澳大利亚] 穆希若　原作

艾　莹　改写

殷恩光　插图

水晶人

"看啊！那是什么？"

"瞧见了吗？人，是一个人！"

"为什么站在冰山上？"

"奇怪！……"

这是 2 月 4 日从遥远的南极罗斯海面，一艘正在航行的原子能考察船 "横力号" 上传来的喊声。

在 "横力号" 的甲板上，一群青年人围坐在一位 70 多岁的老人身旁。这老人两鬓花白，头戴风雪帽，身穿皮大衣，右嘴角上的一颗不大的黑痣随着笑脸微微颤动，一看就知道是一位知识渊博的老人。此

刻，他正在给青年人讲述南极的风光。他，就是著名的生物学家尉迟教授。

"看，那是什么？冰山上有人！"摄影爱好者宋小青惊呼道。

大家顺着他手指的方向朝前面的冰山望去，果然影影绰绰有一个黑色人影，姿势滑稽，一动不动，远远看去，像一尊打太极拳的塑像。奇怪的是，他似乎不是站在冰面上，而是立在透明的冰层之中，好像站立在水晶棺里的死者一样。

尉迟教授在望远镜中看到那"水晶人"的衣着款式时感到奇怪："水晶人"穿了一身式样陈旧的西装。在他的记忆中，这种服装式样，只是在几十年以前时兴过，如今已看不到有人穿了。

在尉迟教授的建议下，船长决定立刻抛锚，派人到冰山上进行实地考察。不久，一个由四人组成的"水晶人"考察小组出发了。他们分头坐上蛙式扑翼机，朝那冰山飞去。这四个人一个是最先发现"水晶人"的摄影爱好者

宋小青，现在他仍然担任记者的角色；尉迟教授担任考察小组的组长兼科学顾问；还有两名分别是"横力号"的大副和年轻水手。

实地观察使尉迟教授有机会仔细地研究这奇怪的"水晶人"。只

见他脸色清癯，嘴唇紫红，眼睛微闭，身穿一套式样陈旧的西装。从他的面貌和体型来看，显然他是个中国人。

摄影爱好者宋小青连续拍摄了几个镜头之后，站在"水晶人"跟前，像在美术展览馆观看玉雕似地从头看到脚。看着看着，他忽然"呀！"的一声。原来他发现"水晶人"不是冻在坚实的冰层之中，而是封闭在一个周围有空间的冰洞里。尉迟教授也几乎同时发现了这一秘密。尉迟教授认为不能轻易地破坏它。于是决定让几只微型激光钻同时开动，小心翼翼地把冰洞周围 3 米以外的冰层钻空，使"水晶人"连同他居住的冰洞一起剥离开来。接着用对讲机向"横力号"发出通知。不一会儿，从"横力号"上起飞的一架直升机，飞到"水晶人"上空，放下吊钩，将

剥离下来的大冰块吊运到"横力号"上。

在这个科学发达的时代，信息的传播是相当迅速的。两个小时以后，各地报纸竞相发表了"横力号"在南极发生的冰山奇遇，同时登载了宋小青拍摄的珍贵照片。紧接着，中国科学院派了一个科研小组迅速飞到"横力号"。他们和尉迟教授一起，对这个奇妙的"水晶人"进行全面研究。

尉迟教授站在一架电子计算机前，荧光屏上映出一行字：温度－

200℃。他惊叹道："冰洞里的温度好低啊！"

"冰洞壁上一定有什么隔热的东西，马上用电子扫描层析仪看一看它的内部结构。"一位科学院科研小组的成员说。

30秒钟以后，电子扫描层析仪的屏幕上显示出简短的分析结果：冰洞壁上敷有一层"F—S"塑料。

"F—S"这划时代的材

料立刻引起了尉迟教授的沉思：100多年前，人们从理论上推算出自然界中的最低温度为－273.16℃。也就是说，即使是到了海王星、冥王星以外，也不会找到比－273.16℃更低的温度。从这以后，人们就把－200℃以下的温度称为超低温，并且在超低温的环境下，发现了许多奇异的现象。直到几十年前，化学界才传来了"喜讯"：两名欧洲"科学家"利用分子设计的方法，制造出一种具有双重性能的新材料——"F—S"塑料。它可以使超低温研究的装置大大简化，只要用一层透明的"F—S"塑料薄膜，就可以保持－200℃的超低温长期不变。这种新材料不仅解决了超低温实验的难题，更重要的是，它突破了化学界一个重大的瓶颈，即按照人们的意愿设计和制造满足各种需要的分子结构材料。由于这一发明

的意义重大，这两名欧洲人——彼洛夫斯基和诺尔特获得了国际化学奖。

然而，事情十分凑巧，在他俩领取奖金之后，突然有个名叫叶吾师的美籍华裔科学家发表声明，说这项发明完全是他弟弟叶汝师创造的，而且声明他弟弟个性孤僻，未曾与任何外国人合作过，不久前他突然失踪了……这以后，彼洛夫斯基和诺尔特开始与叶吾师在新闻界争执不休，都为"F—S"塑料的发明权进行辩护，但是谁也拿不出更多的证据。不料一个月以后，叶吾师突然被汽车撞死。舆论界普遍认为他是被什么人谋害了。

尉迟教授回想起这一段几十年前的往事，心情久久不能平静。那时，他在美国休斯顿大学深造，尽管他与叶吾师从未见过面，但是当时报刊上轰动一时的"华裔叶吾师事件"，却使他这个留美的中国大学生永生难忘。

"横力号"发现水晶人之后不久，世界生命研究委员会批准了尉迟教授的计划，并派了数名著名科学家前来协助尉迟教授，进

行"水晶人"复活的实验。

经过充分的准备之后，尉迟教授根据中外科学家集体制定的复活实验方案，发出了号令：

"准备！实验开始！破坏'F—S'塑料层……"

"水晶人"复活了！他坐在沙发上，右手把一块蛋糕送进嘴里，左手拿着一张晨报，饶有兴趣地阅读着：

本报最新消息：从南极罗斯海发现的冰冻"水晶人"已经恢复了呼吸、心搏和血压，脑电波呈现日节律。昨日苏醒后又被催眠，预计今天将恢复健康……

"可笑，什么叫'水晶人'？"

"水晶人"的视线慢慢移到报纸的年、月、日上，不禁愣住了。"怎么，我是在做梦吗？难道这一觉睡了几十年？"正在这时，传来"砰、砰"两下敲门声，他放下报纸："请进！"

"对不起，打扰您了。"尉迟教授走进来，彬彬有礼地问候道。

"不！不！没关系。""水晶人"说。

"请问您尊姓大名？"教授问。

"叶汝师。"回答得很简短。

"什么？"尉迟教授心里好像触电似地一愣：难道他就是叶吾师的弟弟？

"请问您，到底发生了什么事？""水晶人"凝视着尉迟教授脸上那惊奇的表情，仿佛要从中找出答案。

尉迟教授用最简练的语言，谈了"横力号"的冰山奇遇。考虑到叶汝师的身体状况，尽量不使他心情过分激动。但是，当尉迟教授故意谈到彼洛夫斯基和诺尔特的时候，叶汝师突然站了起来；当谈到叶吾师不幸逝世的时候，叶汝师终于忍不住了，

眼眶噙着泪水，嘴唇抖动着："叶…吾师…他…是我的哥哥！"

事情真相大白：叶汝师就是叶吾师的弟弟，也就是"F—S"塑料的真正发明人，而发明权和荣誉，却被那两个欧洲人使用卑劣的手段窃取了。

沉默了半晌后，叶汝师慢慢地讲出了自己的遭遇：

"我出生在一个职员家庭，从小和哥哥一起读书。由于我们的学习成绩优异，所以先后到美国洛杉矶大学读书。大学毕业后，哥哥由于在基础物理学研究方面有些成就，被聘请到匹兹堡大学任教。我看到祖国科学事业的落后局面，不愿留在美国。哥哥的屡次劝告和挽留，均被我拒绝了。我怀着美好的愿望回到祖国，并应聘到科学院工作，可当时几次提出的经费申请，均无法落实。我无路可走，只得起早摸黑翻译外文书籍，把得来的稿酬当作科研经

费，使艰苦的研究工作得以
坚持下去。经过若干次失败
以后，我终于完成了耐寒绝
热塑料的分子设计。"

"是不是'F—S'塑料？"
尉迟教授插嘴道。

"我不清楚什么'F—S'
塑料。"

尉迟教授赶忙抽出一件
复杂的分子模型。叶汝师看
了一眼，点点头说："就是这
种分子结构。"

叶汝师接着说："我的这
项发明，当时没有条件公开，
只好暂时放下，等待时机再
说。我写信把我的研究情况告诉了哥哥。

"没想到不久以后，来了两个自称是哥哥的同事的人：一个是彼洛
夫斯基，另一个是诺尔特。他们知道我在做一件别人没有做过的事情，

便在生活上给了我许多帮助，并对我说，他们在南极有个私人实验室，如果我愿意的话可以去试一试。

"我盼望试验早日成功的心情迫切，立即接受了他们的邀请，和他们一道来到这冰山世界。我想很快就能得出满意的结果，所以没有通知哥哥。"

"实验室设备很好，一看就知道刚刚建立不久。我日夜地工作，很快就试制出了耐寒绝热塑料的样品，并且做过各种性能的鉴定，并把鉴定结果一一记录下来。

"为了检验它最主要的用途，我在冰山上挖了一个冰洞，把耐寒绝热塑料敷在洞壁上，并且接上一只温度控制器。说实话，这种塑料真是名副其实，当我用极快的速度使冰洞内的温度从－50℃降至－200℃以下时，塑料的耐寒绝热性能仍然很好，一点也不与外界发生热交换。

"试验结束了，我准备回国。彼洛夫斯基知道我已试验成功，便向我表示祝贺。

他问我，是否对全部过程做了详细记录？我告诉他，已全部记录在我随身携带的记录本上。

不料，第二天记录本不见了。这可是几年来的全部心血呀？我非常焦急，问他们看见没有？彼洛夫斯基提醒我。是否落在冰洞里了？我左思右想，认为记录本是不会丢在那儿的，但是抱着侥幸心理想去看看，也许有一线希望。于是我打开温度调节器，升高洞内的温度，接着离开实验室，径直向冰洞走去。

冰洞里没有记录本。我失望地

转身正要返回实验室，突然，一阵骤冷，紧接着便失去了知觉……叶汝师抬起头看了尉迟教授一眼，接着说，"我不清楚，是谁拨动了温度调节器的开关？记录本到底在谁手里？难道都是他俩干的吗？"

"对，正是彼洛夫斯基和诺尔特他们干的。他们不但用最卑劣的手段欺世盗名，抢走了耐寒绝热塑料的发明权，而且还要谋害您和您的哥哥。"尉迟教授愤怒地说。

一个星期以后，"横力号"胜利返回中国上海港。在这里，世界生命研究委员会与科技协作委员会将联合召开特别会议，著名的生物学家尉迟教授和复活了的"水晶人"叶汝师，将在会上揭露彼洛夫斯基和诺尔特侮辱科学、欺世盗名、窃取研究成果、谋害叶吾师兄弟的罪行。

[中国] 吴 岩 原作

毕 云 改写

韩 伍 姚人雄 插图

神奇的胡子

斯特拉西米尔·罗舍夫是我中学时代的好朋友，前不久，我们偶然在街上相遇，十分高兴，决定今后经常见见面，回忆回忆那令人难忘的少年时代。

可是，今天罗舍夫却一反常态，一见面，他从口袋里拿出一个很小的玻璃瓶，放在我面前的桌子上，开门见山地说："我想听听你的见解。你仔细看看这个

东西吧，请讲讲它是用什么东西做的，可以做什么用。"

玻璃瓶内是一个光滑而透明的圆柱体，圆柱体里面放着一根白色的小棒，它几乎与圆柱体的长度相等。我拿在手中掂份量，感到它比任何东西都重。我好奇地问道："这个东西你是从哪儿弄来的？"

"等等，先别问这个。"罗舍夫迅速拿过玻璃瓶，利索地打开它的盖子，取出小棒递给我。小棒上缠着一根白线，我找到了线头并将它拉了出来。罗舍夫立刻点燃了酒精灯，将这根白线烧了几分钟，然后叫我去摸这根线烧过的部分。起初我不敢，因为常识告诉我，这是要灼痛手的。但在罗舍夫的一再鼓励下，我终于去摸了一下，"奇怪，怎么是冷的？"我轻声地惊叫了一下。

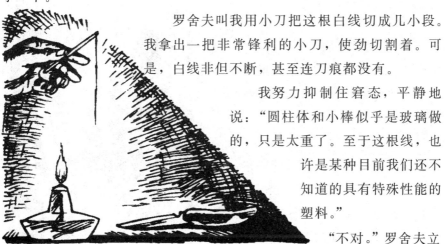

罗舍夫叫我用小刀把这根白线切成几小段。我拿出一把非常锋利的小刀，使劲切割着。可是，白线非但不断，甚至连刀痕都没有。

我努力抑制住窘态，平静地说："圆柱体和小棒似乎是玻璃做的，只是太重了。至于这根线，也许是某种目前我们还不知道的具有特殊性能的塑料。"

"不对。"罗舍夫立

即否定道，"这不是塑料。"

"那我就不知道了。你自己讲讲吧。"

"好，我告诉你，这是一根胡子。"

接着罗舍夫给我讲了一段古怪的故事：

"我的舅舅是巴尔干战争时期的一位连长。他在一个教堂里得到了这个东西。由于这根白线很像胡子，一些虔诚的教徒说它是他们的宗教创始人的胡子。舅舅把这个装着胡子的玻璃小瓶寄给我的母亲，请她代为保管。不久，舅舅在战争中牺牲了。直到我母亲去世后，它才落到我的手里。"

我突然急促地说："这不可能

是胡子。"

"可它的历史确实是如此。现在，我向你直说了吧，我到你这里来的目的，是想请你对这个奇怪的东西在实验室中研究一番。"

送走罗舍夫后，我立刻到实验室开始工作。首先，我仍企图把它切成几小段，结果彻底失败，不管是小刀还是斧头，都无法将它弄断。想不到只有人的头发粗细的小白线，竟能经

受住 5 吨的重量，甚至还可以超过……总而言之，我手中的东西是一种用目前科学界还不知道的物质做成的。但是……这是一种什么东西呢？

看来，我个人是无能为力了。在不得已的情况下，我只好将这个问题报告了化工学院领导。果然不出所料，我的报告遭到了怀疑。因此，研究工作只好停止。

后来，我得到了去苏联的机会，就把这根胡子带在身边，想请他们帮助解开这个谜。

到莫斯科后，我把装着这根胡子的小瓶，交给了有关的实验室，并向他们讲述了我所知道的一切。过了两个星期，实验室通知我，学院院长——一位世界著名的科学家想见我。

我如约来到豪华的院长办公室。院长看了看我说："我们已经判定，圆柱体、小棒和白线是用同一种物质做的。这种物质是超密度的硅。这种特殊性能显示胡子的来源不是地球。"

"您是说……"我激动得说不出话来。

"是的。我们认为，这个圆柱体是另外星球上的智慧生物拜访地球时留下来的。因为在地球上，不要说过去根本不可能创造出这样的东西，就是现代科学也无能为力。"

"也许，它上面写了什么？"我大胆地说了一句。

"对，这是合乎逻辑的。我们的检验证实，白线上确实有记录。我们试着翻译这些记录，但至今毫无结果。在昨天的院学术

会议上，一致认为我们无法翻译这些记录。"

沉思了一会后院长对我说："我越是细想它，就越觉得我们正是在问题的提法上犯了错误。我们在寻求的是写了些什么，而不是他们为什么要写。"

"您的意思是……"我问。

"试问，记录的目的是什么？想想看，假如您拜访一个陌生的星球，那里还没有能与您交往的智慧生物，而您又想把您所经历的一切告诉后来的人，那您该怎么办？"

"我将找到一个表达和记录自己思想的方法，让它能为后来的智慧生物懂得，并且我还关心我的记录是否能长久保存。"

"对呀！"院长大叫起来，"超密度的硅正符合您的第二个条件，它能把记录保存几百万年。这也说明，记录是给在很久很久以后才会出现的'读者'看的。那么第一个条件怎样实现呢？即用什么方法来表达能被后人理解的思想？显然，语言和文字是达不到这个目的的，因为后来的智慧生物并不一定能懂……"

"影片式的有可能吗？"我情不自禁地打断院长的话。

"对。如果真是这样，那再好也没有了。但可惜白线上的记录不是影片，更确切地说，它们不是由光线起作用的图形的记录，也许白线上记录着包罗万象的印象，可是我们目前还无法复现。"

院长笑着说："尽管研究还要继续，但我们已无能为力了。"

"下一步您打算怎么办？"我疑惑地问。

"找列宁格勒神经控制论学院。我认为，神秘的客人把自己的意识活动记录留下来了。"

"怎么？"我感到非常惊奇，"您以为白线里包含某种生物意识活动的直接记录吗？"

"难道不可能吗？要知道这是一种包罗万象的传递信息的方法。"

当我到达神经控制论学院时，工作已有显著的进展。他们发现，白线上记录的脉冲是一种脑电信号。为了翻译这些信号，学院已改制了一台仪器，可以转换成欧米伽射线。试验时，只要将这根白线放在仪器探头上，而输出端放在被试者的头上就可以了。如果一切设想正确，这个

人就能体会神秘客人记录下来的一切感受。在他们的建议下，我荣幸地成为第一个试验者。

我坐在他们指定的椅子上，头上罩着一个头盔式的输出端。我紧张地等待了几分钟，但什么感觉也没有。难道一切设想都错了吗？突然，一道耀眼的闪电使我眼花缭乱。

"您看见了什么没有？"不知谁的声音在问。

"耀眼的光。"我回

答，"但它又熄灭了，我再也看不见什么。"

"现在呢？"那声音又问，"请您随时报告自己感受到的一切。"

于是，我告诉他们我突然看见了一条从来没有见过的街道，我的好朋友罗舍夫迎面向我走来……我渐渐地意识到这是幻觉。

"见到罗舍夫说明了什么呢？难道他也记录在白线上了吗？"我疑惑地说。

"不是的。刚才只不过是用莫斯科控制技术学院给我们的报告中的有关情节，转换成欧米伽射线，来调整一下仪器，"院长在回答我的问题。

在此后的整整一个小时里，我又经受了各种感觉：听到了人声、乐声……看到了早已忘记了的图画；感受到了冷和热……

真正的试验是过了三天后才开始的。我渐渐地感到相当累，身上有说不出的痛苦，不久我就瘫在椅子上，失去了知觉。

等我神智清醒后，看见我周围聚集了全部试验

人员。大家叫我去休息一下，但从他们脸上，我看到了他们迫切地希望听我讲述。我立即开始讲述自己在欧米伽射线作用下所经历的一切感受。

"我的视觉从光彩夺目的闪电中开始。"我激动地说着，"随着阵阵闪电，我仿佛置身于云海之中。闪电是玫瑰色的。很快雷声停止，万籁俱寂。"

"我在寻求什么，在寻找谁？一阵阵的孤独感向我袭来。不久大地在发射蓝光的两个太阳照耀下，显得格外有生气。但是我还是无限怀念我那熟悉的星球，那儿有我的亲人，有我所需要的一切。为了探索宇宙，我受亲人的委托来到了这儿……"

"我飞着……飞着……飞着……"

　　"突然我发现一个体形与我相似，长着毛发的两足动物，在滑溜溜的雪地上奔跑。他用尽全力，拚命逃脱一个凶猛的大熊的追逐，但力气已不够了，再有几步，大熊可怕的利爪就将掐进他的脊背。"

　　"我看着看着，感到这个可怜的两足动物，不论在理智方面，还是在外表方面，他都不像我，但我仍然感到他与我是相近的。在这个冷冰冰的陌生星球上，只有他身上才与我有一些共同的地方。"

　　"我紧紧跟着与我相似的两足动物向前飞着。不久，两足动物把我带到了一个山洞。洞内燃着一堆巨大的篝火，周围坐着十来个与他一样的同类。当那个脱险的两足动物出现在他们当中时，他们就跳了起来，并且不停地抖动着嘴唇。突然，我在一种莫名其妙的冲动下，决定与他

们见见面。一瞬间，我把自己
变得让他们可以看见了。"

"出乎意料，他们先是一惊，接着便四处奔
逃，有的跑出洞口，有的躲到洞的深处。"

"当然，这些原始的生物最终必然主宰自然，首先是自己的星球，
然后再到别的星球。他们的后裔很可能驾驶着宇宙飞船到我们的星球上
来。但这个发展太缓慢了，我是等不到这一天的。"

我的感受到此结束。为了能弄清外星球人的最终结局，我要求继续
试验，但试验小组不同意我的要求。他们担心，外星球人
肯定发生了不幸，谁也不能预言，外星人沉重的创
伤不会在我身上引起难以忍受的痛苦。

试验结束了，虽然，我在他们的感觉和思想中只"生活"了几分钟，然而这个几十万年前就来到我们的地球，并且死在我们地球上的外星球人，对我来说仍然是亲近的，可敬的。

［保加利亚］别也夫　原作

姚　琪　改写

印令章　插图

魔　圈

一、一幢神秘的避暑别墅

我在南喀列米亚省斯美兹近郊溜达，一幢藏匿在陡峭山坡旁的孤独的避暑别墅引起了我的注意。没有一条路通向那里，四周由篱笆严严地围着，唯一的一扇门总是紧闭的。没有灌木或树梢伸出篱笆外面，围绕在四周的是光秃秃的黄色的悬崖峭壁，间或有那么一两株粗壮的杜松或弯弯曲曲的苍松点缀着。

谁出这么个主意住在那么一片荒山僻壤上？这地方真有人住吗？每当我在这座神秘的避暑山庄徘徊时都禁不住产生这些疑问。

我从来没有看见过有人出入这座房屋，好奇心油然而生。我不得不承认我曾有一次爬上峭壁，居高临下透过篱笆往里瞅了一眼，但是这座别墅

建造得特别，无论我攀上哪块岩石，我只能望到里面院子的一角。里面与外面四周一样，是那么的荒芜凄凉。

然而，经过几天观察以后，我终于看到一个老年妇人全身披黑，站在院子里。她增加了我的好奇。

我想任何人生活在那里肯定要与外界有某种联系——哪怕是为了买东西！

我在所认识的人中间进行探问，终于打听到是瓦格纳教授住在那儿。

瓦格纳教授！

于是更促使我对那幢别墅特别加以注意。我会不惜任何代价去看一眼那位出类拔萃的人，他的发明创造曾经引起了多么大的轰动。从那天起，我就盯住这块地方。我感觉到自己不应该这样做，但是我还是不分白天黑夜躲在一株杜松树背后我自己的瞭望台上窥视着这块地方，一呆就是几个小时。

人们常说：有志者事竟成。

有一天拂晓，我突然听到一阵门的轧轧声。我顿时紧张起来，屏住呼吸，等待着下一步。

大门打开了。一位身材高大，一脸胡子，面色泛红的男人迈步走了出来，小心地环顾四方。毫无疑问，这位就是瓦格纳教授！

一看四周无人，他感到满意，然后慢慢地登上一片平地，开始做起在我看来是一种非常奇怪的运动来。周围堆着几块大小不同的石块。瓦格纳试着一块块轮流举一番，小心翼翼地从一块踩上另一块。但是这些石块太大，太沉，就是举重健将恐怕也奈何不了它们。

多么奇特的消遣呀，我想着。但是一会儿，我却惊奇得连气都喘不过来，简直无法置信的事发生了：瓦格纳教授走近一块比一个人都高的石块，抓住石块的棱角，毫不费力地把它举了起来，仿佛这石块是用纸板糊起来的。然后，他伸直手臂，来回挥动石块。

我还来不及想出其中奥妙，教授的另一个绝技把我完全征服了。

瓦格纳接着就像扔掷一粒小石子那样把

石块抛到 60 英尺高的空中。我紧张地等待着坠落声，但是石块却慢悠悠地落下，我数了整整 10 秒钟，它才落到一人高的地方。这时，瓦格纳伸出了手，稳稳地接住了石块，手臂连晃都没有晃一下。

"哈—哈！"瓦格纳用那浑厚的嗓音发出了一声大笑，将那石块掷了出去。开始石头与地面平行地飞了出去，随即突然垂直地落了下来，轰地一声，裂成碎块。

"哈—哈！"瓦格纳又大笑了一声，出奇地跳了起来。跳到约 12 英尺高时，朝着我的方向与地面平行飞了过来，显然是计算失误，像那块石头似的一下子摔倒在我面前。要不是跌倒在斜坡上，他是必死无疑的。他倒在那株杜松树的另一头，离我不远，呻吟着，咒骂着，搓揉着膝盖。

我决定露出脸来，帮教授一下。

"伤了没有？我可以帮你吗？"我问道，从树背后迈步出来。

我的出现一点没有使教授吃惊，至少他没有露出这种表情。

"不，谢谢你，"他平静地回答，"我可以起来。"他又做了一次站起来的尝试，但是踉跄地倒了下去。他的脸痛苦地扭曲着。他的膝盖浮肿起来。由于疼痛，没有人搀扶，他已不能站立起来。

"趁疼痛还忍得住的时候，我们快走吧。"我说着扶持他站了起来，他没有拒绝，虽然每移一步都是痛苦的。我们慢慢地朝那屋子走去。我几乎是半抱着他，在这重负之下，我自己的气力也很快要耗尽了。然而，我心情是很愉快的，我不仅看见了瓦格纳教授，而且与他结识了。现在，我期待着跨进他的别墅。但是，会不会当我们走到门边，他会对我表示下感谢，然后把我撇在门外呢？然而，他一言不发，我们跨过了这条魔术般的界限。事实上他也不能说话了。他看来是陷入极大痛苦中，除了疼痛和颤抖外，他已失去其他的感觉了。我虽然累得要死，但是，在进屋前我还是好奇地对院子瞅了一眼。

这个院子相当宽敞，中间竖立着一座像毛利装置（Maurains Apparatus）那样的设计。更远的那头，地上掘了个圆洞，盖上厚厚的玻璃。沿着洞口，对准房屋及其他几个方向喷射出金属弧光，照耀了半个院子。

我已经没有时间再多看一眼，因为那个着黑衣服的女人（后来我知道她是教授的管家）已经警觉地从屋内奔出来迎接我们。

二、魔 圈

瓦格纳身体糟透了，呼吸急促，神志昏迷，嘴里背诵着数学公式，

时时夹杂着呻吟。管家也不知所措，接连地说着："发生了什么事？哦，天啊，发生了什么事？"

我不得不对教授伸出了援助之手，留在那儿看护他。

直到第二天早上，瓦格纳才苏醒过来。他睁开眼睛，瞧着我。

"谢谢你……"他的声音微弱。

我给他喝了一口水，他点了点头表示感谢，然后请我离开。整整一天的提心吊胆加上不眠之夜使我感到疲乏。我决定让病人独自呆一会儿。于是，我跨出门外去呼吸一下新鲜空气。院子中央的那座陌生的装置再次吸引了我的注意。我迈步向前，伸出了我的手。

"不要靠近！站住！"我听到背后传来一声管家恐怖的喊声。正当我听到这声音的时候，我感觉到我的手突然沉重起来，就像搁上一件特别重的东西。它猛地拉了我一下，使我脸朝下扑倒在地上。我的手被一种无形的力量牢

牢地按捺在地上。我使劲地挣脱了开来，可是已经是满手青肿，非常
疼痛。

管家站在我身边，懊丧地摇了摇头。

"噢，亲爱的，你多吓人呀！你最好别进这院子来，否则你准得趴
下，上帝保佑。"

我不懂她说些什么，退回到屋内，将手
包扎了起来。

教授第二次醒来时显得精神多了。很显
然他器官的机能特别旺盛。

"怎么啦？"他指着我的手问，我作了
解释。

"你真险呀。"他说。

听了瓦格纳的话我有点冒火，但我克制
着不去问他，以免使我劳累。

那天晚上，根据他的要求，他的床已经
挪至窗边，他自己提出我很感兴趣的话题。

"科学研究的是基本力，"他说，"并且提
出各种规律，但是这些力的本质它却知道得

微乎其微，例如电力或重力。我们研究它们的特征，设法应用它们。但是，它们本质的最终奥妙却一直没有得到真正的揭示。因此我们无法充分利用它们。当然，电已证明比较容易驾驭。可以说，我们已经制服了它。我们把它贮藏起来，从一个地方输送到另一地方去，一旦需要就拿出来使用。但是重力却远远不是这样听话的。我们不得不去适应它，去顺从它的特征而不是让它来顺从我们的需要。如果我们能按我们的意愿去控制它的力量，把它像电那样积累起来，那它会变成怎么样有力的工具啊！驾驭重力一直是我梦寐以求的事。"

"那么你已经做到这一点了！"我恍然大悟地惊呼起来。

"是的，我已经做到。我发明了一种工具，靠它我们就能控制重力。你已经看到了我的初步成效，以及它们让我付出了什么代价，"瓦格纳说着叹了一口气，用手抚摸着受伤的膝头，"作为一种实验，我在住地附近一块小区域内减弱了重力。你看到我是多么轻松地举起那块石块，我使用了增强我院子内这个小区域的重力的办法。当你走近我的魔圈时，你的这股好奇心险些毁了你的性命。"

"瞧。"他手指窗外说，"看到那些朝这儿飞来的鸟儿吗？或许有一只会飞进重力加强区来……"

他缄默了。我激动地注视着飞近的鸟儿。

这时它们正在院子的上空……

突然，其中一只像一块石头一样坠落下来。它不像惯常那样摔得粉碎，而是像一张卷烟纸，薄薄一层贴在地面上。

"看到了吗？"

我想到刚才的遭遇，不禁打了个寒噤。

"是啊，"他猜度到我的想法，"你自己头部的重量就可以把你压成肉饼。"他微笑了一下接着说，"我的管家菲玛说我的发明真了不起，可以使猫儿不靠近食品室。但是还有别的畜牲，它们是用枪炮和炸弹武装起来的。

"设想一下被驯服的重力可以变成一种什么样的防御武器啊！沿着国境架起一座这样的壁垒，任何敌人都无法闯入。飞机会像那只鸟一样坠落，更妙的是，即使大炮炮弹都无法越过。或者倒过来：使前进的敌人脚下失去重力，这样，任何丝毫的移动就会使这些士兵飘飘然起来，手足无措地悬挂在半空中……但是，这些与我已取得的成绩比较起来只不过是儿戏而已。

"我已经发现一种可以降低除了两极以外地球所有表面重心引力的办法。"

"加速地球自转，如此而已，"瓦格纳教授说道，就像他在谈论儿童的话题似的。

"什么？加速地球自转？"

"对，当速度增加时，离心力就会加强，地球表面的所有物体就会变轻，如果你可以在这儿多呆几天的话——"

"我很乐意！"

"等我可以起床后，我就将开始这个试验，我相信，你会感到有趣。"

三、"就要开始了"

几天后，瓦格纳教授下床踱步了，尽管有点跛。他经常长时间地呆在院子一角的地下试验室里，将我留在他的书斋里，他从不邀我下他的试验室。

一天，我正坐在书房里，瓦格纳闯了进来，情绪激动，还没跨进门就直嚷起来："就要开始了！我已经发动了装置，让我们瞧着发生什么事吧！"

我等待着发生不寻常的事情。几个小时过去了，一天过去了，还是什么也没有发生。

"请等着。"教授说，从低垂的上须里发出微笑，"你知道，离心力与角速的平方成正比。地球是一个庞然大物，不那么容易加速的。"

第二天早上正当我起床时，我似乎觉得自己身子变轻了。这就是说离心力开始起作用了！我走到平台，低头注视着影子，我发觉，影子移动得很快。这能说明什么呢？是太阳比往常转得更快了么？

"你注意到了?"我听见瓦格纳的声音,他站在那边望着我,"地球自转快了,白天和黑夜变短了。"

"那么结果会是怎么样呢?"我疑惑地问道。

"只要我们活着,会看到的。"那天,太阳比往常早落下二个小时。

"我揣摩这件事会在全世界引起怎么样的骚动啊!"我对教授说,"我真想知道……"

"你会在我书房里发现的——那儿放着一架收音机。"瓦格纳说。

我匆忙奔向书房,使我感到自慰的是,全世界人民果然沉浸在极度恐慌之中。

但是,这仅仅是开始。地球继续在加速,日子变得越来越短了。

"在赤道线上的所有物体的重量现在已减轻了四分之一。"瓦格纳在

一昼夜缩短为四个小时的时候对我这样说。

"为什么在赤道线上？"

"因为那儿地球引力最弱，而自转的半径最长——也就是离心力最强。"

科学家已经意识到这里面蕴藏着的危险。已经开始由赤道区向离心力较弱的高纬区迁移。至今为止，重量的减轻证明会带来有利之处：如机车可以拉动巨大列车；一架摩托车引擎的动力足以满足一架运输机——即使加快机速。人也可以变得身轻、体壮。每过一天我会感到自己更加生气勃勃。身心也感到特别愉快！

捣毁魔窟的战斗

然而不久，收音机开始广播第一批不幸事件。在那些转弯角或下坡处火车出轨事故增加了，尽管死人不多——因为即使从相当高的地方往下掉，卧车车厢仍滞留不动；飓风大作，尘埃飞扬，叫啸的潮水冲击着世界上的海湾。

当角速增加十七倍时，赤道上的物体和人完全失去了重量。

那天晚上，收音机传来一个可怕的消息：在不断加强的离心力牵拉下，赤道上的非洲和美洲地区发生了几起有人头脚颠倒的事件。不久，从赤道传来更吓人的消息：发生了窒息的威胁。

"离心力正在使空气层剥离地球，地球引力无法再使它固定在原来位置上，"教授平静地解释道。

"这……这岂不是说我们也会窒息吗？"我不安地问道。

"我们能对付任何意外。"

我的心情越忧郁，对瓦格纳的厌恶感就越强烈。我难以入眠，神经高度紧张。我小心翼翼地移动着以防不测。周围的东西在急剧地失去重量，变得飘浮不定，一件件沉重的家私只要轻轻一碰就滑了开去。肢体抽搐，手足因为失去重量像吊线木偶似地在牵动。管家菲玛跟我一样不好受。做饭需要耍杂技的本领，盆盆罐罐到处飞舞，而她自己也为了抓住它们又蹦又跳，

163

像在跳舞一般。

只有瓦格纳情绪高昂，甚至取笑我们。

我必须在口袋里塞满石块才敢外出，否则我会"跌入无边际的天空"。

我望着海越来越浅了，海水被驱赶着西流溢上海岸……站在岸上，我感到一阵阵头晕目眩，呼吸困难。空气逐渐稀薄，一阵由东向西的强级大风迎面扑来，空气的温度也升高了。

空气越来越稀……末日来临了……我感到痛苦，又一阵窒息压在心头。我开始将石头从口袋里倒出来。

但是被一只手按住了。

"等一等。"这是瓦格纳的声音，由于空气稀薄，这声音微弱到几乎听不见，"让我们到地下室去吧。"

他用手臂勾住我，朝站在平台上喘着气的管家点了下头，然后一起向开在地上的那个大圆"窗口"走去。我已经不由自主了，像梦游者般蹒跚着步子，瓦格

纳打开通向地下实验室的沉重大门，把我推了进去。我缓慢地跌倒在石子地上，失去了知觉。

四、上下颠倒

我不知道这样神志恍惚地躺了多久。我的第一个知觉是我吸进了新鲜空气。我睁开眼睛，十分惊奇地看到离我躺着的地方不远处装着一只电灯泡。

"不要奇怪。"耳朵里传来瓦格纳教授的声音，"这地板将很快变成天花板。你感觉怎么样？"

"好多了，谢谢你。"

"好，一块起来吧。"他说着握住我的手。我飞向天窗，然后，慢悠悠地降落下来。

"这儿来，我领你看一下我的地下办公室。"瓦格纳说。

一共是三间房：两间点着人工灯，第三间大一点，玻璃房顶和玻璃地板——我分不清哪是房顶，哪是地板。麻烦的是，这时候我们都处在失重状态。

走这一圈是十分费劲的事。头重脚轻，眼花缭乱，抓住橱柜，又被推了开去；刚越过这张台子，又撞在另一张台子上；一会儿又毫无牵挂地吊在半空中。大家伸出臂膀向对方抓去，但是无论如何使劲却够不到对方，要不是谁施出了妙计，真不知怎样摆脱这个尴尬局面。我们碰撞到的东西也跟我们一样游荡着，一把椅子飞向房内的半空，盛着水的玻璃杯东歪西倒，但只有一星半点的水滴溢出杯外。

不久我注意到有一扇门通向第四间房，那儿传来呼隆隆的声音。但是瓦格纳不让我进去，很明显，加速地球自转的机器就藏在那儿。

但不久，我们的"空中飞行"结束了。我们降落在玻璃天花板上。这天花板原来是当作我们的地板的。我们不必搬动什么东西，因为东西都给摆好了。电灯泡现在在我们头顶上，照射着房间，度过这短暂的夜晚。

事实上是瓦格纳在照看着一切。我们有足够的装在罐内的氧气，有充足的罐头食品和水。我想，这大概是为什么管家用不着去采购的原因。现在在我们落到了天花板后，发现走路相对来说容易得多了。我们是双脚向上走路的。任何事只要习惯就行了。我走得很好。当我朝下看我的脚时，我透过厚厚的透明玻璃看到了在我脚下的天空，仿佛我站在一块倒映着天空的圆镜子前。

管家说她得去屋内拿点奶油来。

"但是你不能够。"我告诉她。她说："我会抓住地上的管子——教授教过我的。当我们还是头向上时，我在那间天花板上有管子的房间里学会了'用手走路'。"

我没想到女人有这般勇气，冒着生命危险用手在毫无边际的空间走路，就只是为了我们有奶油吃！

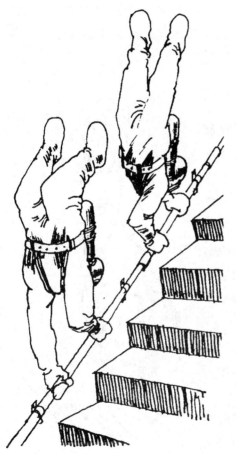

"不管怎样，这可十分危险啊。"我说。

"远远不像你想的那样。"教授反驳着，"我们的重量仍然是微不足道的——你知道，仅仅刚离开零点——站住脚跟只需要一点点肌肉的力量。此刻，我会随她一块去——我把记录本留在这儿。"

"但是外面没有空气。"

"我们会戴上压缩空气帽。"

就这样，他们穿戴得像深海潜水员似的，开始离开。双层门在他们身后闭上了。接着，我听到外面一扇门砰地关上的声音。

我躺在地上，脸贴着厚厚的玻璃，警惕地注视着他们的行动。外面，两个头戴圆形帽盔的身影，朝着房间方向用手在急速行走，他们手抓住地上的管子，脚荡在

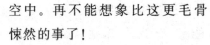

空中。再不能想象比这更毛骨悚然的事了!

看起来好像是蛮容易的,我想。但是,她仍不愧为一个出奇的女人。如果她头晕了会怎么样呢?这时,瓦格纳和管家以同样的姿态走上楼梯,进入房间消失了。

不一会儿,他们又出现了。他们正走到半路,突然发生了事情,直把我吓得浑身打颤。管家把一罐奶油弄掉了,她想去抓住它,一失手,没握住管子,身子直向空

间坠去。

瓦格纳尝试着去救她:他突然从腰间解下一根绳子,一头勾住管子,人向着管家扑去。这不幸的女人坠落的速度很慢,因为当瓦格纳用力一扑时,他很快就赶上了她。他向她伸出手臂,但由于离心力,方向偏了一点,够不着她,两人的距离在渐渐拉开。瓦格纳紧紧拉着已经全部放开的绳子,开始慢慢地从无边无际的太空向地面升去……

我看着这个不幸的女人挥舞着双臂……越来越远了。接着黑夜像一幅帷幕笼罩了这死亡的场面……

我不寒而栗,在想象着她此时的感觉……她会变成什么呢?她将会一直坠

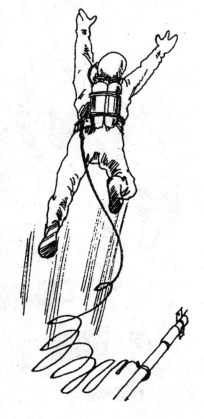

落下去，除非哪颗飞过的行星把她吸了去。

我没有发觉瓦格纳已经进来，倒在我的身旁。

我咬牙切齿，一言不发，对这个人的怒火又涌上心头。伸展在我身子底下的那一片深渊使我惶恐。

在我沉思的时候，不寻常的事情又在我面前出现……石块剥离地面纷纷落下……接着，整块岩石飞了出来……白天黑夜的交替越来越快……太阳迅速地越过茫茫苍天。夜又来了，星辰以同样惊人的速度飞驰而过；然后又是太阳，然后又是星辰……在日照下，我看见天缺了口，地露出了头，我看到了干涸的海洋，荒芜的田野。

黑夜与白昼迅速交替着，眼前一片混沌……飞越在空中的太阳仿佛在黑暗的幕布上划过一道荧光，随着最后一息空气的消失，地球失去了它那层蔚蓝色的华盖……月球因地球再无力吸引它而远去，变得越来越渺小了……

我感觉到平滑的玻璃地板在上拱起来，我浑身颤抖着……它大概会

马上塌下去，我也会马上掉入苍穹之中……

谁在我身边唧咻着？啊，是瓦格纳教授。

"是你。"我吐了口唾沫，"你为什么这样做？你杀害了人类，你毁灭了

地球上的生命……你要对此负责！赶快减慢地球速度，否则——”

　　但是，教授只是摇了摇头。

　　"快说！"我叫了起来，将手捏成拳头。

　　"我无能为力…我一定是在计算上犯了错误。"

　　"那么你要为这个错误付出代价！"我愤怒地喊叫着，扑向瓦格纳，开始掐他的喉咙……正在这时候，我感觉到地板塌陷了，接着玻璃崩裂，啪地一声我跌入深渊，两只手还紧紧地掐住瓦格纳的咽喉……

五、一种新的教学技术

在我的面前是一张瓦格纳教授咧着嘴的脸。我困惑地望着他，然后看了看周围。

清早，蔚蓝色的苍穹，远处蔚蓝色的海洋。一对白蝴蝶在平台旁飞舞，给周围景致增添了一层宁静色彩。管家从我们面前走过，手中托着一盘盛着一大块奶油的盘子……

"怎么回事？到底怎么回事？"我问教授。

从他长垂的胡子里发出一阵笑声。

"我得抱歉一下，"他说，"未经你同意，甚至过去不认识你，就把你这个人拉进我的一次试验中去。你也许知道，几年来我一直在试图解开这道难题：一个人怎样才能跟上浩瀚无边的现代知识。以我为例，我可以用我的脑袋同时做两件毫不相干的工作。另外我已经不需要睡眠，也不会感觉疲倦。"

"我已经读到过这方面的书籍。"我说。

瓦格纳点了点头。

"好，但是并非人人如此。于是我决定用催眠术做我的教具。今天早上当我外出散步时，我注意到你躲在一株松树后面。这不会是你第一次呆在那儿吧？是不是？"他问我，眼神里闪烁着幽默。

我被弄得不好意思。

"于是，我想，我应该对你施用催眠术让你为你的好奇心吃一点苦头……"

"什么？你把这一切叫——"

"仅仅是催眠术——从你看到我的那一刻起。但是这一切对于你都像是真实的，是不是？你肯定是不会忘记这次试验的，也不会忘记重心规律和离心力的实际教训。你是一个十分专心的学生，就是在这堂课

快要结束时变得沉不住气……"

"这堂课上了多久了?"

"二分钟,一点不多。技艺还不错吧,你认为如何?"

"不,等一等。"我叫了起来,"那么平滑的玻璃窗和那些地上的管子呢?"我用手指了指——我顿时呆住了。展现在我面前的那个院子一片空荡荡的。

"那么,那个也是……催眠术?"

"对。直率地说,你不感到我的物理课讨厌吗?菲玛,"他喊了一声,"咖啡煮好了吗?可以吃早饭了吧?"

〔英国〕皮莱耶夫　原作

陈　隽　改写

张仁康　插图

我去了天边城

　　磁悬浮列车稳稳地停在了天边城车站巨大的蛋壳形建筑内。我像个鸭子似地伸长着脖子下了车，在接站的人群中寻找起好朋友招风耳。

　　不多会儿，我的眼光一下子触到了一块写有我名字的纸牌子。我欣喜地朝那牌子后看去。啊！我吓得差点跌坐在地上，掉转屁股就跑，一直跑到翻过车站的木栅栏后才止住脚步。我再往回看，真的，没错，那牌子并不是举在招风耳的手上，而是挂在一只活老虎的脖颈上！奇怪的是，周围的人并不显得害怕和惊慌，就好像身边趴着的是只猫似的！

这是怎么回事呵！招风耳，你这可爱的混蛋的硬心肠的家伙，你在哪儿？

招风耳是我爸爸妈妈出国讲学前送给我的一个机器人，为的是照料我，也不让我感到寂寞。它被设计得跟真人似的，又矮又胖，特别是一对招风耳挺招人喜爱。第一次见面我就管它叫 "招风耳"。开始几个月我们俩过得愉快极了。可自从有一天晚上它跟我头靠头一起看了一本《世界著名发明家故事》以后，它就变得像有了什么心事。我还发现夜里它常通宵看我爸爸书房里砖头似的科学书籍，但我怎么也想不到的是，在一个雾气蒙蒙的早晨，它竟失踪了。这下可把我害苦了，唉，那往后

的糟糕日子也别提了。可谁知过了整整一年后，它突然给我来了封信，里面还夹了张车票，说是要我到天边城去找它。

"嘿，阿达，老朋友又见面啦！"猛听得有人叫我。我扭头一看，见是个头戴红色法兰西帽、架着副黑框圆眼镜，身穿笔挺西装的矮老头，正朝着我怪模怪样地笑着。我再仔细一看，不由叫了起来："哈呀，是招风耳呀！"

"嘘！"它把一个手指放到嘴边，"别在这儿叫我招风耳好不好，我现在可是这里的知名人士啦！"说着，它从衣袋里取

出张名片递给我。

哟，好小子，都印上名片了！我接过来一看，只见上面用很大的字印着"天边城发明家协会主席、动物研究所特级研究员"的头衔。

我心里霎时像开了扇天窗："噢，那月台上把我吓得半死的大老虎是跟你的研究有关啦？"

"嘻嘻，是呵。不过，你没有看出来吗？它不会咬人。来，咱们边走边说吧。"它伸过手来，冷不防把我一把抱起，放到了一旁一个软绵绵、热乎乎的东西上。我低头一看，哎哟，我的妈呀，这就是刚才那只大老虎呀！什么时候它跑到这里来了？！

我身子里像没了骨头似的，一下瘫了下来，脑子里一片空白。招风耳紧接着也坐到老虎背上来了。它一手扶着我，一手抖了下缰绳，吹了声口哨，大老虎就一步一步往前走开了。

恍恍惚惚中我隐隐听到一阵隆隆声从远处传来，过了一会，这声浪变成了许许多多人的喊叫声。

"快看，别错过好机会呵!"招风耳用手扒开了我的眼睛，立刻，一个奇异的场面跳进了我的眼帘，这时我们已来到一个交叉路口，大道两旁挤满了人，周围高楼的窗子里、阳台上也伸出了无数的人头，半空中五颜六色的小纸片

像雪花似地飞舞，人们都挥动着手臂在欢呼着。大道中央正奔跑着一群

张牙舞爪的斑斓老虎，每只老虎都拉着一辆带帆篷的两轮车，驾车人都是清一色穿红背心的棒小伙子，但帆篷里的乘客就各种各样了，有的是中国人，有的是外国人，有的是老头，有的是姑娘，有的举着照相机，有的吹着泡泡糖……

这热闹非凡的气氛帮助我驱走了害怕。我目不转睛地看着，兴奋地问："这是干什么呀？"

"干什么？"招风耳勒住老虎缰绳，自豪地说，"这是赛虎会！天底下只有这儿才有的赛虎会！那些帆篷里的乘客是从外地和外国来的采购员、商人，他们在寻找玩的刺激哪！当然，他们来这儿的

主要目的是想采购些虎皮虎肉，或者是虎骨虎血，或者是……哎，老虎全身都是宝，你自己瞧吧！"说着，它扬起手朝四处一划拉。这时我才注意到，从交叉路口延伸开去的四条马路上，招牌和广告多得数都数不过来，什么"好威风虎皮大衣商场""一壶春虎脚爪小吃店""武松打虎照相馆""新开张九折优惠燕云楼全虎宴""惬意牌老虎毛席梦思床垫"……真新鲜，每一家商店都和老虎有关！

"你们这儿怎么会有这么多老虎？"我奇怪极了。

"待会儿你到了我们动物研究所就会知道了。"招风耳像拨转自行车车头似地拨转了虎头。

十多分钟后，我就坐在了招风耳那宽大而优雅的办公室里了，外面是一片绿盈盈的望不到边的大草原。它给我开了好几个

虎肉罐头，又端来了一盘白馒头，末了还给了我一架望远镜，用手指了指窗外。

我举起望远镜朝远处看去，啊，我简直怀疑自己的眼睛出毛病了！我竟看到了一群又一群的老虎正像牛儿、羊儿那样在吃草！

"咦！食肉动物怎么变成了食草动物了?!"我惊奇得一下转过身来，我想哥伦布发现新大陆时眼睛瞪得也最多像我现在这么大。

"呵呵，别激动，你先吃个馒头，"招风耳神秘地冲我笑了笑，"这都是些解谜馒头！"

它搞的是什么名堂？我拿起了一只咬了一口，"唉！不就是普通的淡馒头吗！"

"是呵，是淡馒头，你先别忙咽下去，多嚼嚼，看看是什么味道。"

我照它说的做了，"唔，不就是甜味吗？"

招风耳来到我的身边把手勾搭在我的肩头上。"你知道这甜味是从哪儿来的吗？这是唾液中的酶把馒头里的淀粉变成麦芽糖的结果。在动物体内有好多种酶，但一种酶只能分解一种物质。牛能吃草，是因为它

有消化草的纤维素酶，老虎就没有这种酶，但却有消化肉食的脂肪酶，而我呢……"

"你一定是在老虎体内的酶上面动了脑筋，使老虎自己能产生消化纤维素的酶吧！"我差不多恍然大悟了。

"嘿，瞧你这聪明的！我来到了天边城后，就是发明了这样一种针剂。另外，我又用细胞培养法让老虎大量繁殖，所以呵，这里的老虎就跟牛羊一样兴旺啦！怎么样，我也是个伟大的发明家吧？"它得意地翘起了二郎腿，还一晃一晃的。

"对……哎咳咳咳咳！"我刚想说几句赞扬的话，却不料给嘴里的馒头屑呛得大咳起来。

就在这时，招风耳右侧的几架可视电话机响起了嘟嘟声。它伸出手像弹钢琴似地一顺溜按下了一个个按钮。一阵吵嚷声猛地传了出来，

第一个屏幕上出现的是一个闹哄哄的虎皮大衣商店，一个半秃顶的营业员急得满头是汗地说："发……发明家协会主席，不好了，顾客们都围着我吵哪，说我们这里的虎皮质量糟透了，毛皮太薄了，一拉就坏，你看——"一块露出个大窟窿

的虎皮占住了大半个荧屏。

出现在第二个屏幕上的是一个着装打扮像武松的外国人，正两手抱在胸前看着一只趴在地上的老虎，他转过脸来："哈啰，你们要我上当可不好，照相馆说，出了大价钱就能拍打老虎的录像，可我才打了老虎一拳，它就趴下不动了，这虎太温顺了，no，no，不像个百兽之王！"

紧挨在旁的另一个屏幕里灯火辉煌，像是个餐厅，一个黑脸大块头把筷子使劲往圆桌面上一拍，气呼呼地说："老虎肉我吃过，绝不是这

个味，这是什么虎肉！跟变了味的牛肉差不多，这是懵人！我这就过来跟你算帐！"

招风耳慌得忙把一个个可视电话给关了，它紧张地看着我说："这可怎么好？怎么好？"

事情的变化实在太出人意料了，我急中生智说："你快跟我逃出天边城吧！"

它愣了一下，但转眼间就把法兰西帽、圆眼镜、名片盒一股脑儿扔在了办公桌上，拉起我就跑，就在跑出研究所大楼时，它突然"呜呜"哭了起来："看我这倒霉的，该怨谁呵？！"

[中国]达世新

钱生发　插图

绿蜻蜓

　　一连几天没睡，赵博士双眼通红，心神亢奋，一直静不下来。他知道，他的发明就要成功了，愈接近成功，他愈不安。这几天，他以各种动物做实验，都得到成功，剩下的，只有以自己做实验了。

　　一想到以自己做实验，赵博士就心跳得厉害。虽然他明知万无一失，但还是不能释怀。左考虑、右考虑，考虑了两天，最后赵博士把心

一横，脱光了衣服，拱进一部特制的机器中。

五分钟后，房间内的指示灯连闪，在一架电脑的控制下，一整套机器开动了。

又过了五分钟，房间中一下子静下来，这时拱入机器中的赵博士不见了，却从机器中飞出一只碧绿的蜻蜓！

赵博士学的是动物学，在大学里教动物行为学。但回到家，却是另一个世界。赵博士五十来岁，未婚，一个人住一座独门独院的平房。四间大房子，全是赵博士的实验室，里头有车床，有各种电子仪器，有各种仪表，俨然是一座小工厂。每间房子的四壁，全是由天花板到地的书架，中外书籍，堆得密密麻麻。空余时间，赵博士就耗在这四间大房子里，玩他的发明游戏。

为了怕人吵他，他家不设电话，房门上也不装电铃，如果有朋友

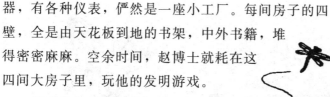

到他家去找他，就是叫翻了天，他也听不到。当然，即使听到了，他也不会出来开门。

赵博士就是这样一个怪人，怪得竟然把自己变成了蜻蜓。

绿蜻蜓绕着房间飞了一圈，停在那架大机器上。他——那只蜻蜓，也就是赵博士——知道，十五分钟后，电脑又会自动开动，他只要在此之前飞入机器中，就可以恢复原形。

要不要飞出去玩玩？事到临头，他反而踌躇起来。对人类来说，飞翔可能永远是个梦，现在这梦竟然实现了，怎能不尽情飞飞？但转念一想，外头可是个凶险的世界啊！他现在只是个纤弱的蜻蜓，鸟儿、蜘蛛、螳螂……都可以要他的命。

不飞出去，在房间里飞飞总成吧！于是他又鼓起两对翅，在房间里绕了几圈。房间太小，怎么飞也飞不过瘾。气窗附近没有大蜘蛛，也没有大蜈蚣，他安心趴在气窗的瓦楞玻璃上，窥视屋外。

这时正是夏天，院子里响彻蝉声。一些蝴蝶在枝桠间穿梭；还有些蜂类，在花丛间逗来逗去。赵博士是专攻动物行为的，每种动物，他都能道出它的学名和习性。他知道蝴蝶和蜂类都不会吃他。那些蝉类更无用，除了扯大了嗓门瞎叫，就只有吸吸树汁的份。出去飞飞吧！他的内心里一再呼唤着。他又打量了许久，才鼓起勇气，小心翼翼的飞到附近的一根树枝上。前面，有一只草蝉在那儿大吼，赵博士想过去捉弄它一下。刚要行动，他想起了"螳螂捕蝉，黄雀在后"那句话，赶紧回头看看。

回头一看，不禁吓出一身冷汗，一只鹛莺正落在他身旁的枝桠上，他赶紧藏在一片树叶后头，那只鹛莺似乎没看到他，兀自摆着尾巴在那儿呼朋引类。惊魂刚定，他才发现自己停栖的那片树叶已经泛黄了。为了达到保护色的效果，他悄悄地挪动六只脚，爬到一片嫩绿的叶子上。

那只鹛莺叫了一会儿，果然引来一只同伴。两只鸟儿吱吱喳喳的叫着，一点走的意思都没有。赵博士知道，那对鹛莺是一公一母；他也知道，鹛莺是食虫的，要是给它们看到了，八成凶多吉少。赵博士开始后悔自己太鲁莽，不该飞出实验室。在实验室飞飞就可以了，为什么要飞到外面去？那两只鹛莺不走，他就不敢轻举妄动，只能张着一双大眼睛，骨碌、骨碌的四下打量。

赵博士之所以要变成蜻蜓，是因为蜻蜓飞行能力强，天敌少。为了安全，他更将蜻蜓设计成绿色，这样停在绿叶上不容易被看出来。赵博士知道昆虫的眼力不好，就将绿蜻蜓的眼睛和程式重新设计过，使之可以看远，也可以看清楚任何细微的东西。

左边，紧靠自己，有几只大毛

虫正在那里吃叶子，赵博士一眼就认出来，那是一种毒蛾的幼虫。更远处，有一只螳螂正虎视眈眈地瞪着一只草蝉；那只草蝉不知大祸即将临头，还在那儿扯着嗓子大叫。赵博士觉得那只草蝉好笨；但转念一想，它笨也有笨的乐趣，不必像自己一样，自飞出实验室，心中就老是有块石头。右边，就是那一对鹡鸰。鹡鸰后头，有一群鸽子，正停在树枝上睡午觉。赵博士知道，鸽子是吃谷子的，所以就不怎么放在心中。后头，也就是靠实验室的一方，树叉间有一面蜘蛛网。赵博士默记在心中，向后飞的时候一定要躲过它。

那对鹡鸰不走，赵博士就不敢稍动。他想不通，刚才那只鹡鸰为什么看不到他。照理说，鸟类的视力都很好，应该看到他才对。唯一的解释是，它并不饿，不想吃东西。赵博士知道，鸟类的记忆力不好，它刚才即使看到自己，现在也该忘了。只要他不动，躲在叶

子底下，是不会被那对鹟莺发现的。

　　时间一分一秒的过去，赵博士急得有如热锅上的蚂蚁，那对鹟莺却在那儿喳呼个没完，两只鸟儿在树枝上跳上跳下，不住的摇头晃脑，摆动尾巴，一双大眼睛还在左转右转，像是在搜索什么似的。这时一阵微风吹来，把赵博士停栖的那片叶子刮得上下翻动。完了！赵博士差点抓不牢叶子。也许是那对鹟莺正忙着谈恋爱，没看到他；也许是他的保护

色太好，让那对鹟莺无从分辨。不管怎么样，赵博士还是吓得要死。赵博士本来并不信教，这时却不住地上帝长、上帝短地祷告起来。

正胡乱祷告着，忽然，左边传来一阵凄厉的叫声。赵博士向着发声处一瞅，只见那只大意的草蝉差点被螳螂捉住，正挟着余悸，不择方向的向前蹿。一只鹟莺——大概是那只公的，闻声飞掠过去，一口抓个正着，然后轻巧的划着圆弧，飞回原处。那只鹟莺真凶，衔着哀鸣的草蝉，在树干上死命的甩，才甩了两三下子，草蝉就不叫了。对赵博士来说，这幕掠食镜头原本极为平常；但对现在的赵博士来说，却觉得心惊肉跳。那只草蝉很快就被啄为两段，吞进两只鹟莺的肚子里去了。赵博士看在眼里，惊在心里，更是一动也不敢动。

时间一秒又一秒地过去，赵博士虽没戴表（他现在也不可能戴表），也知道时间已过去好几分钟了。只有十五分钟啊！赵博士好几次想冒险溜开，但就是鼓不起勇气。那两只鹟莺也真不知趣，两条腿像扎了根似的，就是不肯离开。赵博士忽然想到：现在是中午啊！中午鸟类是不大活动的。他的动物行为学知识告诉了他答案。他眯着眼看看天，

太阳正停在天顶，光线透过树梢，从树隙中洒下，落到低处，已经全被遮住了。那对鸟儿正停栖在阴凉处休息啊！看来短时间内它们是不会走了。

正在焦急，忽然邻枝上跳出一只树蛙。赵博士大吃一惊，他知道蛙类只能看到动的东西，看不到静止的东西。那只树蛙跳了两跳，竟然落在他身边。赵博士连叫不好，更是一动也不敢动。那只树蛙八成也是过来凉快的，落在赵博士栖身的那根树枝上，就不再跳了。

这时几只蜻蜓顶着炎日从树底下飞过，像是完全不知处处隐藏着杀机似的。赵博士很佩服它们，但自己却没这

个胆量。他甚至连多看它们几眼的胆量都没有。他那一双大眼睛，一直不敢离开那对鹟莺和那只树蛙。他知道蛙类是用舌头捕食的，只要不靠它太近，就没有危险。他当然也知道，蛙类捕食时是将口对准猎物，再伸出长舌把猎物粘住。他打量了一会儿，证实那只树蛙的口和他并不成一直线，才为之放心不少。要命的还是那对鹟莺，只要它肚子饿的时候给它看到，大概就性命难逃了。所幸鸟儿较喜欢吃昆虫

的幼虫，不大喜欢吃成虫，这为自己增加了若干保障。但还得看时候啊！鸟儿饿的时候或没有比较的时候，成虫也照吃不误！

那对鸟儿东摆一下头，西摆一下头，像在搜索什么似的，看在赵博士眼里，不禁直打哆嗦。它们是不是又饿了？赵博士知道，鸟儿是温血动物，因为体型小，散热散得快，所以得经常进食。不能动！不能动！赵博士连连提醒自己。但时间不多了，另一个声音又从脑海中升起。可不是，要是一直耗下去，回不去怎么办？ "可恶"！赵博士暗自发恨："变回人形后，一定用散弹枪把它们打成肉泥!"那只树蛙呢？赵博士预备把它抓来活活烧死。它好像看到两只鹟莺被散弹打烂的样子，也看到树蛙在火里挣扎的可怜相，他觉得心里好快慰。但现实很快告诉他：他现在只是一只纤弱的绿蜻蜓。那对鸟儿，那只树蛙，甚或一只螳螂，一只蜘蛛，都可以把它吃掉。快回去！快回去！他几乎要鼓起勇气飞离那片停栖的树叶，但那两只鹟莺的眼光一瞟过来，他的勇气就消散了。

他像是听到实验室中的那面挂钟的滴答声。如果到了时候还回不去

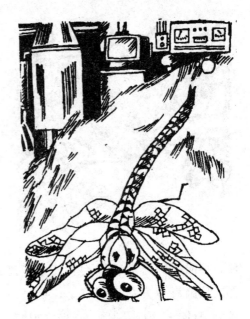

怎么办？那时他只好当一只蜻蜓，在大自然中讨生活。他那一肚子动物行为学虽可使他生活得安全些，但他的苦恼势将比任何一只蜻蜓都多。再等等吧，好死不如赖活啊！他一再告诉自己。

时间在焦躁中一秒、一秒地度过，赵博士度日如年似的在那儿枯耗着。皇天不负有心人，忽然，那一对鹡鸰不约而同地连袂飞走了。赵博士如逢大赦，顾不得其他危险——如那只树蛙，一振翅膀飞回实验室。迟了！望着刚刚开动的机器，赵博士脱了力似的，翅膀再也不听使唤，一头栽在地上。

[中国台湾]章　杰

许学礼　插图

木乃伊七号

美国某医学院学生布赖恩在暑假期间在解剖学系的雷利教授那里找到了一份助手的工作。这时教授一直从事埃及木乃伊的研究，现在又要去埃及发掘。他把开罗博物馆的阿布杜尔介绍给布赖恩。阿布杜尔是一

个又高又大的埃及专家。他们启程从旧金山来到开罗，又驱车去吉萨金字塔。

世界七大奇迹中唯一保存完好的，就是胡夫金字塔。它俯瞰着另外两座略矮的金字塔和狮身人面像，把许许多多未解之谜留在人间。

开罗博物馆在几年前收购了一块由蓝色宝石雕成的圣甲虫虫身，一星期前又购到它左边的翅翼。雷利和阿布杜尔认为它来自一座尚未被世人所知的陵墓。阿布杜尔从一个卖珠宝的商贩那里得知，另一只翅翼在一个年老的乞丐手中，他大概住在卢克苏尔。于是，雷利决定装扮成一个英国阔佬，到那里去收购文物。他每天花 30 英镑

来购买，买到了几百件赝品，只有两三件有一点考古价值。当布赖恩遇到了那个年老的乞丐，他果然拿出了甲虫的另一只翅翼。可惜当他们追问他是从哪里弄来的时候，他竟步履如飞地逃走了。他们在第二天发现这个乞丐已经被人谋害。

正当雷利等人懊丧万分之际，一个阿拉伯青年自动前来找他们。原来他是那乞丐的儿子。他回忆说：在十多年前，他父亲在寻找一头脱缰逃跑的骆驼时，发现了一条通向岩洞的暗道，由此找到了许多古物，几年来逐渐变卖，却引起别人的猜疑，于是就到开罗来卖，结果最终被害。他的妹妹也病倒了，庄稼也受虫害，他不希罕什么珠宝，但求母亲和全家安宁，说着便痛哭起来。教授告诉他最好的办法是如实报告政府，同时要求他带他们到古物埋藏地去。他答应做向导。

他们准备了整整一天，次日拂晓便出发了。渡过尼罗河，骑上骆驼，他们走进沙漠。经过跋涉，他们终于来到一个凹地。仔细观察，他们发现一座即将被沙漠淹没的古庙残迹。

向导认为马上就要到了。通过步测，他们估算这是一个直径为一百码的巨大神坛。雷利教授扒开一根石柱周围的碎石，发现石柱上有涡形装饰物，这是胡夫王朝的标志。他惊叫一声，连气也透不过来了。

已经下午六点，雷利教授决定扎营过夜。早晨，向导兴奋地报告说，他一早起来就寻找洞口，果真被他找到了。在离神坛约一百码处的乱石堆里果然有个半埋半露的小穴，他们猫着腰才钻了进去。到里面一看，有一个长 30 英尺、宽 40 英尺的大洞，四周是岩壁，空空如也。他们失望地爬了出来。到太阳快落时，他们发现有两群蝙蝠从地下飞出。

一群就是从他们早晨去过的洞口飞出来的，而另一群却从一个断崖的裂缝中飞出，说明里面一定有个大洞。他们又钻进裂缝，用手电筒照着，发现在离地较高的岩壁上，分别有三个小洞，可能是用来通风的。布赖恩站在阿布杜尔的肩上，勉强够着第一个小洞口，用手电筒一照。

呀，两只闪亮的巨眼在那神秘的黑暗中向他盯着！

他好不容易定住心神，眼

睛适应了黑暗，定睛一看，原来是一座巨型雕像用反光圆盘制作的眼睛。这样的巨像还有许多，每个至少有 20 英尺高。天已完全黑了。他们只能等到次日早晨。天空露出鱼肚白的头 20 分钟，蝙蝠忽然像黑云似地从空中猛扑下来，消失在断崖的裂缝中，主要飞进第二个通风口。这个小洞离地 30 英尺，能容一个人进去。一个驼夫贪财，愿意一试。

他攀着粗糙不平的岩壁爬到洞口，然后用粗绳放进洞内，另一端由阿布杜尔拴在一块岩石上，于是他钻了进去。不到半分钟，就传来一声凄厉的尖叫，然后一片寂静。大家束手无策，但都觉得那可怕的叫声似乎主要从背后的山谷里传来的。也就是说，神坛废墟某处必定还有一个入口。果然有一根断柱掩着一个小洞，一股凉气从里面冲出来。清理了洞口后，他们再次钻了进去。原来这是一个甬道。前进了50英尺时，他们发现了驼夫的尸体。他的左腿肚上有一片青紫色的伤痕，中央有两个针眼状的小孔。眼镜蛇！大家警惕地排成单行前进，再走100英尺，就到了宽敞的墓室。墓壁上绘满了壁画。尽头处是布赖恩头天晚上窥见的巨型神像大厅。圆形的墓顶呈深蓝色，绘着金色的图形文字。神像都是兽头人身，有鹰头神、鳄头神、朱鹭头神、驴头神、豺狼头神，围成半圈，中央是古埃及主神欧希利斯。主墓在哪儿呢？

他们搜寻了很久，终于发现地面上有石门的标志，用尽九牛二虎之力，才把那块石头向里推开，露出很矮的甬道。他们猫腰下行了100英尺，来到一个小墓室，那里有个打开的石棺，里面有具木乃伊。他们认定这是疑冢，于是又回到神像大厅的入口处，突然发现脚底下的一块石头发出异样的声响。在阿布杜尔的刀刃下，石缝显现出来。他奋力掀起石块，然后借助手电朝下望去。只见一道石梯向下延伸到一个金光闪闪的巨大墓室，中央是一口巨型石棺。

他们大声欢呼，兴奋得互相拥抱，泪如泉涌。

经埃及政府批准，他们带着两具木乃伊回到美国的加州。这要比墓室的全部财宝都重要得多。它们将成为雷利教授要研究的第六号和第七号木乃伊，于是就以此编号。

第六号木乃伊的个头很小，像个小男孩。经过 X 射线研究，发现它是一只狒狒。那具身材较大的木乃伊七号呢？X 光片肯定他是一个五十来岁的男人，个头不高，大腿骨、肋骨和颅骨的太阳穴都有骨折。由于骨折都在左边，估计他当年是活活摔死的。雷利高兴的是尸体的胸腹腔内都有内脏的阴影。过去在解剖木乃伊时往往发现体腔里填着大量沙子和草药。

雷利教授决定尽早打开裹尸布。他手执锋利的解剖刀，在木乃伊两腿之间轻轻一划，一层层裹尸布便迎刃而开。大腿间的亚麻布完全切开后，他由此向下，把小腿间和双脚的亚麻布也切开了。他小心地揭开裹尸布。不久，两脚完全露出来了。好奇怪呀！那两脚居然像是活的。教授随即转而向上。双手和手腕也逐步露了出来。左右五个手镯精美绝伦。两手也保存得极其完美。一根很细的金项链露出来了。教授一下揭去了脸上最后几层亚麻布。呀！他下巴的轮廓十分好看，双唇紧闭，鼻梁笔直，两耳长大，发有波纹，双眼闭合着，更像睡着了。

木乃伊七号躺在一张推床上，慢慢地穿过一架很像巨大的炸面饼圈的扫描器。这是一台 CT 扫描仪。检查的结果是：所有的内脏都处于正常的位置。他们从不

同的部位取了一些标本。观察的结果是：细胞不仅保存完美，而且居然还能生长！他的血管没有堵塞。颅骨钻孔后清除出许多血块。看来他是因颅内出血而死的，也许这里本来就有一个动脉瘤。

下一步怎么办？医学院决定召开特别会议。雷利主张使木乃伊七号复苏。有人认为荒唐，但心脏外科专家比森表示支持。精神科主任提出：把远古时代的他弄到今天来复活，这五千年的跨度，他在精神上受得住吗？可是表决的结果表明多数人还是同意这个大胆的尝试。事情就这样定了。

手术的准备和仪器装置，都与心脏直视手术相同。只是监视仪上都没有生命的迹象。比森拿起手术刀，从上胸到腹部，做了一个很长的竖切口。一滴血也没有出。心脏露了出来，完好无损。一种高度含氧的溶液流入腹股沟的血管，向各组织送氧，并洗去过多的代谢产物。等到它畅通无阻时，就改用血液。这一切从低温开始，然后逐渐加温。

体温从10℃渐渐增高到24℃，并且继续上升。此后，加温的速度逐渐减慢，半小时后慢慢升到28℃，然后到30℃，但是什么都没有发生。31℃了，监护仪上的线条仍是直直的，毫无变化。比森的额头渗出了大颗汗珠。"再升高1℃！"比森平静地下令。十分钟又过去了。比森和所有人的脸上都是一副失望的表情。

"动啦！心电图动了，你们瞧！"大家激动地望着。其实，这只是一

阵轻微的颤动，时间只有一秒钟。可是，屏幕上又出了一个小尖。过了半晌，又是一个小尖。然后又是三个小尖。突然，心电图的线条跳了起来，画了一个粗犷、古怪的图形。

“心室纤颤!”比森惊叫道。他用微弱的电流除颤，但心电图上又出现了直线。他怒声下令再升高1℃。心电图上出现了一个完整的心搏。乱跳几下以后，又是一个心搏，反映血压的线条也晃动了一下。起先比较微弱，逐渐变得平静而有力。脑电图的指针也猛烈地跳了起来。比森抬头招呼道：“雷利，依我看，这儿躺着的可能是一个活人啦!”

大家顿时欢呼着站了起来，雷利更是热泪交流，忘乎所以了。木乃伊七号的尸体，在古墓里一动不动地呆了五十个世纪，如今他的心脏居然又一次跳动起来了。

又经过五天五夜生与死的搏斗，躺在监护病房里的木乃伊七号终于清醒过来，而且恢复得极其迅速。护士给他刮了胡子，如今他的相貌显得雍容而英俊。双眼蓝盈盈的，根本不像一个典型的埃及人。奇怪的是：他的两处骨折竟完全愈合了。护士陪着他在走廊里溜达。他什么食物都不拒绝，但无论如何都不肯吃肉。他同

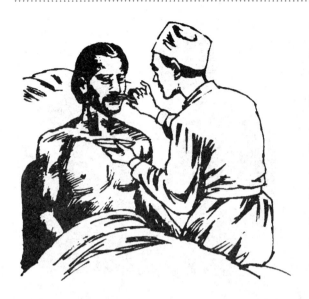

雷利等人，相互之间都感到极大的兴趣，但语言的障碍难以突破。夜班护士詹妮弗告诉布赖恩：他用手抚过的花，都合上了花瓣，低垂下去，仿佛闭目入睡了。他聚精会神地瞪着玻璃杯，杯子就一只只地炸碎了。他在英语学习方面的进展很快。

雷利等不及了，他想了个主意，打算利用大学的语言实验室，来翻译木乃伊七号的语言。不过，这需要他讲话的录音带。这又是个难题。不料詹妮弗居然拿出一张木乃伊七号写的图形文字的纸。雷利一见就跳了起来，立刻给大英博物馆的图形文字专家布里斯托尔打电话。后者立刻就赶来了。下午两点，雷利、布赖恩陪着这位英国教授来到木乃伊七号的床前。雷利用英语介绍了布里斯托尔。

"我要他明白，我们是他的朋友，很想知道怎样才能使他更为舒适。"雷利由此开始。布里斯托尔在白纸上非常吃力地画了几个图形文字。木乃伊七号兴致勃勃地看着，但却摇头表示不懂。雷利要他使

用古代王国最古老的文字。

木乃伊七号的眼睛亮了起来。他也画了一长串符号。布里斯托尔慢慢地说道："他说他来自孟菲斯，是一位大祭司，想知道自己身在何处。"

"请问他叫做什么名字？"

木乃伊七号画了一个狮身人面的男人。雷利吓了一跳，这是斯芬克斯的标志。木乃伊七号仍在画着，是问胡夫在哪里。"告诉他，胡夫那位大法老早已死了，死了五千年了。"

木乃伊七号呻吟起来。如果雷利他们意识到不妥，那就早该停下来了。他们本应好好注意他脸上的怒容，但他们过于热衷于同他对话，一下就走过了头。

"那么，孟菲斯呢？庇比斯呢？卡纳克呢？"他问。

"没有了，这些城市早已不存在了。"雷利回答。这回答犹如判他死刑。他一头倒在床上，全身抽搐，昏迷不醒了。

随后几小时内，他进入了昏迷的躁动阶段，嘴里念念有词。有些语言特别古怪，有明显的音乐性。他们赶快录了下来。但他的病情过于严重，大家怕他挺不过当晚

了。大家刚离开他不久，就看见通讯系统闪亮出一行字来：

"心搏骤停，307 病室"！这正是木乃伊七号的监护病房！人们没命地奔进 307 室去抢救。但是病人在哪儿呢？木乃伊七号失踪了！

"谁在护理这个病人？"比森着急地问。

"是我。"詹妮弗匆忙地挤了进来。

"病人呢？"

"我刚走开，他刚才还在这儿！"

"我的天哪！ 如果他倒在什么地方……"比森道。大家也这么想，刚才还昏迷的病人能跑多远呢！ 但雷利的看法与众不同。他认为什么事都有可能发生，因为奇怪的事太多了。比如他的骨折在一周以内就愈合了。又比如他的心脏在静止了五千年后又恢复了跳动。詹妮弗说她并没有无缘无故地离开病人，她突然发现自己没命地跑着去参加抢救，但动作十分缓慢，像是电影里的慢动作，慢得出奇。

一连好几天，始终毫无消息。雷利和布赖恩想出一条妙计，就是引他上博物馆去，因为他肯定会对五千年前的人和事感兴趣。雷利还登了一个广告，并附上图形文字：

夫的大祭司安葬于此。愿他的灵魂同太阳神在一起，永远飞翔。"木乃伊七号即将读到自己的墓志铭了，如果他至今还活着的话。

博物馆的展览开幕了。十几双眼睛盯着一个个前来参观的观众。布赖恩发现一个头裹披布、弓腰曲背、步履拖沓的

老太婆，似曾相识。他动身追赶，但身不由己，经历了詹妮弗说过的自己动作极为缓慢的感觉，居然把老太婆给追丢了。

他们虽然受到挫折，但同位素实验室送来的报告使他们获得一个意外的结果。原来他们早就取了木乃伊七号和那狒狒的骨标本去做放射性碳的年代测定。那狒狒的测定结果是公元前2700年，与大金字塔的年代相仿。但木乃伊七号的年代却是公元前27000年。几次核查都没有错。这简直不可思议。那时还根本没有文字呢！此外，语言实验室也搞出了成果。木乃伊七号在昏迷时使用了音乐性很强的语言。实验室居然把它破译出来了：我们面临抉择。如果我们老是聚在一起，也许我们谁都活不了。如果我们就此分手，也许我们之中有一两个还有活路。我们非回去不可。作为一船之长，我要对你们负责。达坦，你朝南去。里狄普斯，你向北去。

我往东。巴塔格尼亚，你朝西。如
果我们还想活着再看到那星球，就
得这么办！

这段话，谁都看不懂。更不用
说下面一段了：

你是那巨星，升起在东方。夜
神为你而诞生。舞者为你而婆娑。
供食为你而奉献。祭司为你而
哀伤。

还有一件事，就是木乃伊七号
的血红蛋白有些异样。它不同于任
何一种血红蛋白。原来那血红蛋白
分子链上有一个植物的纤维素，它
根本不是一种氨基酸，也不是人类
或任何哺乳动物身上所应有的化合物。这不像是一般
的遗传基因的突变，而是遗传工程的结果，可是它怎
能存在于一个五千年前的人的身上呢？

雷利终于意识到自己需要一个人来帮忙。是谁
呢？阿布杜尔！他把阿布杜尔请到了1日金
山。阿布杜尔认
为：这里肯定有人
在帮他忙，供应他

食物和衣服。有人提供一个线索：大学天文台附近的一座简陋的小屋里有一个少见的人，常常画一些可笑的图画。布赖恩自告奋勇去调查，发现那间整理得十分干净的小屋里，赫然有那条老太婆使用的披巾。这时传来脚步声，门一开，原来是詹妮弗！果然有人帮忙。当他望着这美丽的金发少女时，他的怒气早已烟消云散了。布赖恩想把他弄回医院，詹

妮弗不同意。认为他可能离死已经不远了。阿布杜尔也觉得应该尊重他本人的意思。但布赖恩坚持说弄回医院的话还有一线生机，甚至还能重返埃及，回到自己的同胞中去。大家觉得这想法也有道理，便都同意了。至于木乃伊七号所画的图，大家觉得很可能与天文有关，甚至猜想他之所以在那小屋隐藏，也是为了接近大学的天文台。詹妮弗对于试图把他劝回医院之事毫无信心，认为他宁死也不会这样做。

雷利同天文台联系，天文台说他们上周在夜间拍摄星空的望远镜

在第二天早晨被人转换了方向，可是没有被人破门而入的任何迹象。大家去看了看，那望远镜竟有 20 英尺粗，高高地翘着，犹如一颗硕大的导弹。它的位置和方向都由旁边那巨大的操纵台控制。没有丰富的计算机知识，休想动它分毫。出事那天早晨，天文台在检查后发现有四个

数据莫名其妙地编进了程序。数据完全正确，但不是天文台编的。望远镜朝着两个相距很远的星云。

看来，每走一步，木乃伊七号总是走在前面。现在他早已离开小屋，在天文台与他见面恐怕是唯一的机会了。雷利的计划是：放他进来，然后把他包围。阿布杜尔要求在东门口放哨。雷利和布赖恩来到天文观测室。警察早已布上了岗。

"如果今天让他逃脱，恐怕这一辈子也找不着他了，"雷利说，"詹妮弗说他右臂麻痹，我敢肯定他脑子里已经有了溢血。神经科专家说过，只要血压一高，就有危险。这也许是你那天在博物馆里追他时发

生的。我现在开始为我们所做的一切感到后悔。我们未经深思熟虑就采取了行动，终于铸成大错。"

深夜，一条人影出现在天文观察室。他是怎样摆脱警察和天文台的恶狗的，谁也不知道。一阵滑动声从上面传来，观测室穹顶上的巨门徐徐打开了。灿烂的星空露了出来。滑动声骤然一变，原来传动装置调档了。整个穹顶旋转起来，顺着时针方向，转了15度。那人影爬上小梯，来到梯顶，凑近望远镜的目镜。

突然传来一声呻吟，迅速转为大声的嚎啕，然后是一声痛苦的叫喊。那条人影砰地一声，重重地摔到地上。顿时灯光大亮。警察们持枪逼了过来。不错，正是木乃伊七号！他满脸怒容，左手捂着脑袋，右手无力地垂在一旁。

"他脑溢血了，"雷利高叫道，"千万别开枪！"

木乃伊七号站直身子，朝布赖恩转过脸来。刹那间，他俩眼炙热起来，发出浊红的光。布赖恩的脑袋里突然一阵剧痛，似乎要爆炸，眼前

一切都变白了。转瞬间，这一阵全过去了。木乃伊七号颓然倒地，他两眼半睁，正对着操纵台的方向。仪表板上几声爆炸，溅出的火星又点燃了计算机的部件。他神志错乱，巨大的能量犹如弩箭一般乱射出来。那种音乐性很强的语言滔滔不绝地从他嘴里喷涌而出。布赖恩冲上去搀扶，但他已经不行了。

"让他走吧，他受够了，让他安安静静地离开人间吧！"雷利说。他俯身去摸他的脉搏，脉搏已停了。他左侧的瞳孔明显散大，右侧却很小，脑内动脉出血了。后来弄清是阿布杜尔把他放进天文台的。他解释说："他历尽了千难万险，理应把他送回家去了！"

星移斗转，一晃就是三个月。雷利等人跋涉一万五千里，才把他

的尸体送回他在埃及的墓室，然后把墓室的入口炸毁。盗墓者再也进不去了。这样做是为了什么呢？这是因为木乃伊七号的来历已经弄清了。

他那音乐性很强的语言正是他的家乡话。他来自在望远镜中勉强可以看到的一个极小的星云。他的宇宙运载工具大概发生

了可怕的故障而摔进了沙漠。他遣散了同伴，总算被埃及人所救。他具有神奇的力量，因而后来成为大祭司。他改变了制作木乃伊的方法和埋葬死者的方法，使自己与世隔绝，希望有朝一日能被他的同胞救走。他的细胞具有特殊的结构，一旦血液循环停止，就进入休眠状态。他和同伴们大概在宇宙航行中消磨了两万多年之久。所以，那图形文字、大金字塔和兽头人身的众神殿，难道真是从古埃及泥墙草棚的

原始社会中蹦出来的吗？
还是从一个远比我们更为
古老、更为睿智的种族那
里得来的呢？

人们还把自己的复苏
术夸耀不已哩。这当代的
医学对他来说想必原始之
极。他当然要从医院里逃
走罗，因为这种医学除了
损害他的身体以外，别无
其他用处。

木乃伊七号渴望着看
到救援自己的信号。但他
得到的是沉默。他大失所
望了！

如果他走运，如果埃及的地貌没有改变，如果他的墓室依然存在，
那么，有朝一日也许会有一艘奇怪的船，穿过银河来寻找他。所以，雷
利他们埋葬了他，埋在他们发现他的地方。

[美国]哈　德　原作
中　庐　改写
哈　明　插图